LIBRES PARA EL AMOR
KIM LAWRENCE

Editado por Harlequin Ibérica.
Una división de HarperCollins Ibérica, S.A.
Núñez de Balboa, 56
28001 Madrid

© 2011 Kim Lawrence
© 2017 Harlequin Ibérica, una división de HarperCollins Ibérica, S.A.
Libres para el amor, n.º 2554 - 28.6.17
Título original: A Spanish Awakening
Publicada originalmente por Mills & Boon®, Ltd., Londres.
Este título fue publicado originalmente en español en 2011

I.S.B.N.: 978-84-687-9550-8
Depósito legal: M-9352-2017
Impresión en CPI (Barcelona)
Fecha impresion para Argentina: 25.12.17
Distribuidor exclusivo para España: LOGISTA
Distribuidores para México: CODIPLYRSA y Despacho Flores
Distribuidores para Argentina: Interior, DGP, S.A. Alvarado 2118.
Cap. Fed./Buenos Aires y Gran Buenos Aires, VACCARO HNOS.

Capítulo 1

EMILIO tomó un sorbo de su café e hizo una mueca de desagrado. Se había quedado frío. Mientras se anudaba la corbata de seda con una mano, apuró el café y salió por la puerta. Un vistazo rápido a su reloj le confirmó que, con un poco de suerte, y si el tráfico no estaba demasiado mal, podría llegar al aeropuerto a tiempo para recoger a Rosanna y estar de vuelta en la oficina a las diez. No solía empezar a trabajar tan tarde, pero ser el jefe tenía sus privilegios.

Había gente que pensaba que en su vida eran todo privilegios. Algunos iban más lejos, como la actriz a la que se suponía que iba a haber acompañado al estreno de la noche anterior, que lo había llamado egoísta, y a voz en grito además.

Emilio había respondido al insulto con una sonrisa filosófica. Le daba igual la opinión que tuviera de él. Ni siquiera se habían acostado, y dudaba que fueran a hacerlo, por mucho que ella lo hubiese llamado después, visiblemente avergonzada por su arranque de ira, para disculparse.

Sus esfuerzos por volver a congraciarse con él lo habían dejado tan indiferente como su pataleta. De hecho, lo cierto era que probablemente tuviera razón: quizá sí era un egoísta. Y la posibilidad de que así fuera no le molestaba demasiado. ¿No era precisamente esa la ventaja de estar soltero, el poder pensar solo en uno mismo?

¿Ventaja? ¡Eran todo ventajas! No había nada como

no tener que preocuparse por lo que otra persona pudiese querer.

En el pasado había cumplido con su deber y había hecho lo que otros habían querido. O más concretamente, lo que había querido su padre. Esa docilidad lo había llevado a un matrimonio que había sido un fracaso, siendo demasiado joven, estúpido, y tan arrogante que había estado convencido de que nunca fracasaría en nada.

Rosanna y él debían haber sido la pareja perfecta: tenían muchas cosas en común, pertenecían al mismo estrato social y, lo más importante de todo desde el punto de vista de su padre, ella era de buena familia, una familia de rancio abolengo cuyo árbol genealógico se remontaba casi tanto en el tiempo como el suyo.

Emilio se sentó al volante de su coche y sus labios se arquearon en una sonrisa amarga al recordar los acontecimientos mientras se abrochaba el cinturón de seguridad.

Luis Ríos se había puesto hecho una furia cuando aquel matrimonio auspiciado por él había fracasado. Había recurrido a todas las amenazas de que disponía en su considerable arsenal, pero ninguna de ellas había logrado intimidar a su hijo.

Su ira se había transformado en desprecio cuando Emilio había apuntado como causante del fracaso al hecho de que aquel había sido un matrimonio sin amor.

Su padre había resoplado con cinismo, y le había espetado:

–¿Amor? ¿De eso se trata? ¿Desde cuándo eres un romántico?

A Emilio no le había extrañado aquella pregunta. Era cierto que siempre se había mostrado condescendiente, y hasta despectivo, con aquellos que creían en el amor. Pero eso había sido hasta el día en que había descubierto, demasiado tarde, que aquel sentimiento no era el producto de una mente febril, que era posible mirar a una mujer y saber sin la menor sombra de duda que era amor lo que sentía.

Aquel instante había quedado grabado a fuego en su memoria. Cada detalle, desde el momento en que había llegado, tarde y sin aliento, a una cena aburridísima, inundando el aire cargado del comedor con el aroma de aquella cálida noche de verano.

A Emilio se le había parado literalmente el corazón, lo cual resultaba absurdo con todas las veces que la había visto entrando en una habitación. Sin embargo, en aquel momento había sido como verla por primera vez.

Consciente de que estaba a punto de deslizarse por la pendiente de la autocompasión, Emilio apretó la mandíbula y apartó de su mente el rostro de aquella mujer, permitiendo que el de su padre, mucho menos agradable, lo reemplazara. Ya no pretendía llenar el vacío de su corazón; había aprendido a vivir con él.

«No la perdiste», se recordó. «Nunca fue tuya». La oportunidad había pasado rozándolo, pero él la había dejado escapar.

Cambió de marcha, y contrajo el rostro al recordar las palabras de su padre cuando le había dicho que Rosanna y él iban a divorciarse.

–Si lo que quieres es amor, búscate una amante. O varias –le había espetado, como si no le cupiese en la cabeza que aquella solución no se le hubiese ocurrido a su hijo.

Emilio había mirado al hombre que le había dado la vida, y ni siquiera su respeto hacia él, jamás le había inspirado afecto, había podido evitar que se le revolvieran las tripas y que la sangre le hirviese en las venas, como si se hubiera trocado en ácido.

La sola idea de hacer pasar a Rosanna por la humillación que su padre le había infligido a su madre lo llenó de repulsión. Había sido un matrimonio de conveniencia, sí, pero nunca había pensado en serle infiel a Rosanna.

−¿Como tú, papá?

Le había costado no alzar la voz, pero no se había esforzado por disimular su ira ni su repulsión.

Aunque su padre había sido el primero en apartar la vista, durante el largo rato que habían permanecido mirándose a los ojos, se había producido un profundo cambio en la relación entre ambos.

Su padre nunca había llevado a cabo sus amenazas de desheredarlo, pero a Emilio le habría dado igual. De hecho, una parte de él habría disfrutado con el reto de iniciar una vida lejos del imperio financiero del que su bisabuelo había puesto la primera piedra, sobre la que cada generación había ido construyendo.

Poco después de aquello, su padre había dejado de intervenir activamente en el negocio, retirándose a la finca en la que criaba caballos de carreras, dejando a Emilio al timón con total libertad para poner en práctica los cambios que había estimado necesarios.

Cambios gracias a los cuales la crisis económica que afectaba al mundo entero prácticamente no había hecho mella en su negocio. Sus rivales, que ignoraban aquella profunda reestructuración que habían hecho, hablaban con envidia de la buena suerte de los Ríos.

Y quizá fuera verdad que la suerte estuviera de su parte, pensó Emilio cuando, después de dar varias vueltas, encontró el que parecía el único espacio libre en el aparcamiento del aeropuerto. Y aún le sobraban diez minutos antes de que llegase el vuelo de Rosanna.

Mientras avanzaba por la terminal hacia la puerta por la que entrarían los pasajeros del vuelo en el que viajaba su exmujer, Emilio pasó junto a un grupo de vociferantes controladores aéreos con pancartas y se alegró de no haber ido allí para tomar un vuelo. En las caras de la gente que sí estaba allí para eso se veía preocupación e indignación por la huelga que estaba alterando el servicio, pensó compadeciéndose de ellos.

Su mente volvió entonces al motivo por el que él había ido al aeropuerto, y exhaló un suspiro al recordar una conversación que había mantenido el día anterior.

No había visto a su viejo amigo Philip Armstrong desde hacía casi un año, y se había llevado una gran sorpresa al verlo entrar en su despacho. ¡Y no había sido la única!, añadió para sus adentros con una sonrisa irónica.

Escogió un sitio desde el que pudiera ver bien a Rosanna cuando saliera, y dejó que su mente volviera a aquella conversación.

—Tengo un problema —había comenzado diciendo Philip.

Él había enarcado una ceja, pensando que no hacía falta ser un experto en lenguaje corporal para darse cuenta de que le pasaba algo a su amigo.

—Nunca había sido tan feliz como hasta ahora —había añadido Philip en un tono mustio.

—Pues cualquiera lo diría —había murmurado él con una media sonrisa.

—Me he enamorado, Emilio —le había confesado Philip con el mismo desánimo.

—Vaya, enhorabuena.

A su amigo le había pasado desapercibido su tono irónico.

—Gracias —había farfullado—. En fin, tratándose de ti no espero que lo entiendas. De hecho, muchas veces me he preguntado... bueno, ya sabes.

—¿Qué te has preguntado? —había inquirido él sin comprender la irritación que se adivinaba en las palabras de su amigo.

—Por qué diablos te casaste —había contestado Philip amargamente—. Ni siquiera estabas...

—¿Enamorado? —había adivinado él sin perder la calma—. No, no lo estaba. Pero supongo que no has venido aquí para hablar de mi matrimonio.

—Pues... en realidad sí. Bueno, más o menos —le había confesado Philip—. La cosa es, Emilio...

Emilio había contenido su impaciencia.

—La cosa es que quiero casarme —le había soltado el inglés de sopetón.

—Bueno, pero eso es una buena noticia, ¿no?

—Quiero casarme con tu exmujer.

Emilio tenía fama por su capacidad deductiva, pero aquello no lo había visto venir.

—Lo sabía, sabía que no te lo tomarías bien —había murmurado Philip en un tono pesimista.

—Estoy sorprendido, nada más —le había respondido él con sinceridad—. Pero, aunque no me sentara bien, ¿qué importaría eso? Ya hace mucho que Rosanna no es mi mujer. No necesitas mi bendición, ni mi permiso.

—Lo sé, pero es que creo que se siente culpable ante la idea de que pueda ser feliz si tú no lo eres.

—Me parece que estás imaginándote cosas —le había dicho Emilio, preguntándose si no debería sentirse al menos un poco celoso.

La verdad era que no estaba celoso. Todavía sentía cariño por Rosanna, pero ese había sido precisamente el problema, que lo único que había sentido por ella, igual que ella por él, había sido cariño. Los dos habían pensado que el respeto mutuo y el tener cosas en común era una base mucho más sólida para un matrimonio que algo tan fugaz como el amor, un concepto puramente romántico.

¡Por Dios! ¿Cómo podían haber estado tan equivocados? Su matrimonio había estado abocado al fracaso desde el principio, por supuesto, pero por suerte, Emilio no había tenido que decirle a Rosanna que había alguien más. Un día, con solo mirarlo a los ojos, ella lo había comprendido. No sabía si por intuición femenina, o porque saltaba a la vista que se había enamorado.

De lo que no había podido escapar había sido del sentimiento de culpabilidad, irracional, habrían dicho algunos, teniendo en cuenta que su esposa le había sido infiel, ni del sabor amargo que le quedaba siempre después de un fracaso.

Desde niño se le había inculcado que el fracaso era algo inaceptable en un Ríos. El divorcio no era solo un fracaso; para su padre significaba un fracaso de cara a la opinión pública, y tener que enfrentarse a eso había sido más duro que el que su esposa le confesase que se había acostado con alguien solo unos meses después de que hubieran pronunciado los votos.

Emilio había sido mucho más tolerante con la debilidad de ella que con la suya propia, y el que él no le hubiera sido infiel más que en sus pensamientos no lo hacía sentirse menos culpable.

Antes de enviar la nota de prensa a los medios de comunicación cada uno se había encargado de decirle a su familia que iban a divorciarse, para prepararlos. La reacción de su padre había sido tan predecible que Emilio había ignorado sus furibundas críticas con desdén, lo que había airado aún más a su padre.

Lo que no se había esperado había sido la virulenta reacción de la familia de Rosanna. Aquello había sido un shock para él, aunque parecía que no para ella.

Durante la acalorada discusión con su padre, se había enterado de que, a sus espaldas, este se había comprometido a pagar a la familia Carreras, de noble estirpe pero insolvente, una enorme suma de dinero si su hija se casaba con él, y otra igual de generosa cuando naciese su primer vástago.

Emilio siempre había pensado que Rosanna había accedido a aquel matrimonio de conveniencia por pragmatismo. Solo entonces se había dado cuenta de que más bien había sido coaccionada y presionada por sus padres.

Aquello desde luego explicaba su reticencia inicial cuando él había sugerido que deberían divorciarse. En aquel momento él no había entendido su actitud, pero después había comprendido que le daba más miedo ser repudiada por su ambiciosa familia que seguir viviendo una mentira.

Esa había sido la razón por la cual, aunque había apoyado la versión oficial de que había sido una decisión tomada de mutuo acuerdo, y que había sido un divorcio amistoso, no había hecho nada por negar los rumores de que había sido una infidelidad de él la que había provocado su ruptura.

En el fondo, no era una mentira, aunque no le hubiera sido infiel, y a Rosanna le había puesto las cosas más fáciles ya que, como compensación, había pagado a su familia una sustanciosa suma de dinero.

Los medios, que se habían hecho eco de la noticia, habían esperado ansiosos, con los titulares preparados, seguros de que pronto aparecería una amante, o incluso una ristra de ellas, pero eso no había pasado, porque la mujer que lo había llevado a acabar con su matrimonio ni siquiera era consciente del papel que había desempeñado.

De hecho, cualquier mujer con la que se lo hubiese visto inmediatamente después del divorcio habría corrido el riesgo de ser etiquetada como «la otra mujer», por lo que, para proteger la reputación de la mujer de la que se había enamorado, había decidido que lo mejor que podía hacer era ser paciente.

Había esperado un tiempo prudencial: seis meses. Seis meses para que se asentaran las cosas y los medios de comunicación se cansasen del asunto. El único problema con el que había previsto que tendría que enfrentarse cuando llegase el día en que acabase la espera era que no tenía experiencia alguna en cortejar a una mujer. Sabía seducir, pero nada acerca de cortejar.

La ironía de todo aquello casi le arrancó una sonrisa. Casi. Le resultaba difícil sonreír al pensar en aquel día, el día en que su orgullo había quedado maltrecho y su corazón destrozado. Sin embargo, se había mordido los puños, como un hombre, y había seguido con su vida.

—Si te enamoraras de alguien, estoy seguro de que Rosanna dejaría de sentirse mal y se casaría conmigo —le había dicho Philip.

¡Qué ironía! Si él supiera...

—Ya. ¿De alguien en particular?

—De quien sea. ¿Eso qué más da? —había respondido Philip exasperado. Luego, al oírlo reírse, se había dado cuenta de lo que había dicho—. Perdona —había añadido contrayendo el rostro—, no lo decía en serio. Lo que pasa es que estoy seguro de que Rosanna y yo podríamos ser felices juntos, pero ella no se ve capaz de dar ese paso hasta que tú estés con alguien.

—Bueno, tampoco puede decirse que haya llevado una vida monástica estos dos últimos años.

—Lo sé, y estoy seguro de que la mayoría de los hombres te envidian; yo te envidiaba hasta hace poco —le había confesado Philip—, pero Rosanna cree que no eres tan superficial como para vivir como un playboy. Y yo tampoco lo creo, naturalmente —se había apresurado a puntualizar.

—Vaya, gracias; eso me alivia —había respondido

Emilio con sorna–. De modo que me estás pidiendo que me enamore par allanarte el camino. Tú sabes que estaría encantado de hacer lo que fuera por ayudarte, Philip, pero eso...

–Lo sé, lo sé. Lo siento. No sé qué esperaba al pedirte esto. La verdad es que no sé qué hacer –le había dicho Philip con expresión desesperada–. Haría cualquier cosa por Rosanna; como cortarme el pelo, para empezar...

Aquel comentario había hecho reír a Emilio.

–Eso sí que me ha impresionado.

–No, de verdad, quiero sentar la cabeza y dejar de ir dando tumbos por la vida. Voy a convertirme en un hombre respetable. Si Rosanna me lo pidiese, hasta me pondría a trabajar para mi padre, me convertiría en un hombre gris, y sería el hombre que él siempre ha querido que llegara a ser.

–¿Y crees que eso podría llegar a pasar, que tu padre...?

–¿Acaso lo dudas? Le encantaría verme volver con el rabo entre las piernas. Ha construido un imperio para legárselo a su heredero, y ese soy yo –había concluido Philip con una sonrisa, señalándose el pecho con el pulgar.

–Pero si no eres hijo único.

Philip se había encogido de hombros.

–Supongo que si Janie hubiese mostrado algún interés por el negocio familiar, mi padre no estaría esperándome, pero nunca lo ha hecho, y no creo que lo vaya a hacer ahora que se ha convertido en la imagen de esa marca de perfume. No sabes lo raro que es ver la cara de tu hermana mirándote cuando abres una revista, o cuando pasas por delante de un cartel publicitario.

Emilio había sacudido la cabeza.

–Yo estaba pensando en Megan.

El ver de pronto una figura familiar mientras esperaba a que apareciera su exmujer lo devolvió al presente. Estaba pensando en Megan y de repente... ¡allí
estaba!

Aunque parecía que había bajado un par de tallas
cosa que Emilio no aprobaba en absoluto, no había
duda de que era ella, Megan Armstrong. Aquel encuentro era suficiente como para hacer que un hombre creyese en el destino. Emilio no creía en señales ni en fuerzas cósmicas, por supuesto, pero sí acostumbraba a
confiar en su instinto y dejarse guiar por él.

Claro que, de seguirlo en ese momento, lo único que
conseguiría sería que los arrestasen a los dos. Aunque
la verdad era que merecería la pena, pensó, al tiempo
que una sonrisa lobuna asomaba a sus labios y sus ojos
brillaban traviesos.

Capítulo 2

PERO te necesito aquí esta noche!
A Megan no le sorprendió el tono de suprema
irritación de la voz del que era su jefe además de
su padre.

Charlie Armstrong no se había hecho millonario permitiendo que pequeñeces como una huelga de controladores aéreos se interpusieran en su camino, y esperaba
de sus empleados, y más aún de ella por ser su hija, que
salvasen cualquier obstáculo para cumplir sus deseos.

–Lo siento, papá.

–¿Y a mí de qué me sirve que lo sientas? Necesito...

–Lo sé, pero no hay nada que pueda hacer –lo interrumpió Megan sin perder la calma–. Me buscaré un
hotel y mañana tomaré el primer vuelo que salga –le
prometió.

–¿Y a qué hora será eso?

Megan miró su reloj. La esfera estaba algo rayada,
pero tenía un gran valor sentimental para ella porque
había sido de su madre, que había muerto cuando ella
tenía doce años.

–Es una huelga de veinticuatro horas, así que mañana debería haber terminado. El primer vuelo sale a
las nueve.

–¡A las nueve! No, eso es sencillamente inaceptable.

–Aceptable o no, papá, a menos que me salgan alas,
no sé cómo esperas que llegue ahí, y antes de que lo su-

gieras, ya no quedan billetes de tren ni del ferry que cruza el canal.

–Claro, la gente, que es más previsora que tú, se te ha adelantado.

Megan se contuvo para no replicar que con toda la gente que volvía del Mundial de Fútbol era imposible encontrar billetes. Cuando estaba de mal humor a su padre ninguna excusa le parecía aceptable.

Por eso, lo dejó que se desahogara a gusto durante unos minutos más, asintiendo de vez en cuando con monosílabos mientras se dejaba arrastrar por la masa de pasajeros que se dirigían como ella hacia la salida.

Encontrar un taxi iba a ser una pesadilla, se dijo, preparándose mentalmente. Quizá tendría que acabar pasando la noche en el aeropuerto, tirada en el suelo.

–Y no pienses ahora que voy a pagarte un hotel carísimo. El que seas mi hija no significa que puedas aprovecharte de la situación. Espero de ti el mismo nivel de compromiso que del resto de mis...

Megan, que había oído ese sermón cientos de veces, desconectó mentalmente. Fue entonces cuando sus ojos se posaron en un rostro en medio de la multitud y se le cortó la respiración.

–¡Oh, Dios! –murmuró, llevándose una mano al pecho.

–¿Qué? ¿Qué pasa?

Megan se paró en seco y un joven que iba en la dirección opuesta casi se tropezó con ella. Se disculpó azorada, y cuando volvió a mirar hacia el lugar donde había visto aquel rostro, ya no estaba. ¿Se lo habría imaginado?, se preguntó mirando a un lado y a otro.

–¿Qué ocurre, Megan? ¿Te ha pasado algo?

–Nada, papá, estoy bien –mintió ella, con el corazón latiéndole todavía como un loco.

–Pues a mí no me parece que lo estés.

Megan se sentía como una tonta. En un segundo había vuelto a ser la chica vergonzosa de veintiún años que había sido la última vez que había visto a aquel hombre, Emilio Ríos. Si no se hubiese quedado paralizada, probablemente incluso se habría dado media vuelta y habría echado a correr, exactamente igual que había acabado haciendo en aquella ocasión.

Aquello era una locura. No había visto a Emilio desde hacía casi dos años, y probablemente él hasta se había olvidado de ella y de lo embarazoso que había sido aquel encuentro. En cualquier caso, se alegraba de que solo hubiese sido un espejismo.

–No ha pasado nada, de verdad, papá; es solo que me pareció ver a alguien, eso es todo. Mira, ahora tengo que irme, así que luego te llamo, cuando haya encontrado un hotel, ¿de acuerdo?

–¿A quién te ha parecido ver?

Megan inspiró profundamente y tragó saliva, pero su voz sonó ronca cuando pronunció su nombre.

–A Emilio Ríos.

–¡Emilio!

–Bueno, o alguien que se le parecía.

Estaba en Madrid. Había muchos hombres morenos y de ojos castaños, se dijo, y aquello alivió un poco la tensión de sus hombros.

–Bueno, bien pensado puede que sí fuera él –murmuró su padre–. Tiene oficinas en Madrid.

Y no era el único sitio. Emilio Ríos, que según algunos era un genio de las finanzas, y según otros solo un tipo con suerte, tenía oficinas en varias capitales del mundo.

En opinión de Megan, para alcanzar el éxito que él había alcanzado se necesitaban ambas cosas, y además otro ingrediente esencial: ser implacable en los negocios.

–Y tienen una finca en la sierra, con un caserón impresionante del siglo pasado –añadió su padre–. Me invitaron allí hace años, cuando su padre, Luis, y yo estábamos negociando un acuerdo. Un tipo duro de pelar, Luis Ríos. ¿Llegaste a conocerlo?

–Sí, y me pareció un esnob.

–No, un esnob no –replicó su padre irritado–. Es un hombre chapado a la antigua, y tremendamente orgulloso de sus raíces. ¿Y quién podría culparlo por ello? Su linaje se remonta siglos atrás en el tiempo. ¿Sabes?, después de todo, puede que esto de la huelga de los controladores no haya sido tan mala suerte.

Recelosa, Megan frunció el ceño.

–¿Ah, no?

–Le haré una llamada a Emilio.

–¡Ah, no, ni se te ocurra hacer eso! –protestó Megan.

Pero justo en ese momento hicieron un anuncio por megafonía, impidiendo que su padre la oyera.

–He perdido el contacto con Luis desde que se jubiló –siguió diciendo–. Esta podría ser la oportunidad perfecta para retomarlo. Y estoy seguro de que Emilio podría buscarte un sitio donde alojarte. De hecho, los Ríos tienen buenos contactos en Sudamérica –añadió pensativo–. Contactos que podrían sernos muy útiles si nuestro acuerdo con Ortega sale adelante y....

–No –cortó Megan a su padre, sacudiendo la cabeza.

–¿Que no qué?

–Que no estoy dispuesta a dorarle la píldora a Emilio Ríos por ti.

–¿Acaso te he pedido yo que lo hagas? –replicó su padre, como ofendido y dolido por la acusación.

–Emilio Ríos era amigo de Philip, no mío –dijo ella, que no se creyó ni por un segundo que no fueran esas las intenciones de su padre–. Ni siquiera me gusta ese hombre.

Hacía dos años, la última vez que lo había visto, iba camino de convertirse en una réplica de su padre, y seguro que en eso era en lo que se había convertido: un tipo gris y pretencioso.

Nada como que a un hombre lo colmaran de alabanzas para acabar creyéndose infalible, ni como que las mujeres se le echaran encima para que se le acabara subiendo a la cabeza.

—Pues bien que solías ir detrás de él como un perrito faldero —le recordó su padre.

Las mejillas de Megan se tiñeron de rubor.

—Ya no tengo doce años, papá.

Trece eran los años que había tenido cuando su hermano lo llevó por primera vez a casa. Habían sido compañeros de facultad, y a Megan le había parecido increíblemente guapo. Emilio se había mostrado tan amable con ella... y luego tan cruel..., apostilló para sus adentros.

—Y dejando eso a un lado, es evidente que yo no le gusto a él —puntualizó.

Y decir eso era quedarse corta. Tras dos años, el recuerdo de su desprecio ya no hacía que sintiese ganas de llorar, pero todavía no era capaz de reírse de ello.

—¿Por qué no ibas a gustarle? Además, en aquella época dudo que se fijara siquiera en ti.

Megan se preguntó si se suponía que le estaba diciendo aquello para hacerla sentir mejor.

—La verdad es que yo por aquel entonces tenía la esperanza de que se enamorara de Janie —añadió su padre.

A Megan no la habría sorprendido nada. Todos los hombres parecían caer rendidos a los pies de su hermosa hermana allí por donde pasaba.

—Pero creo que la mujer con la que se casó... —continuó su padre—. En fin, estoy seguro de que sus padres tenían acordado ese matrimonio desde que nacieron. Pero ya no está casado, y ahora las cosas son diferentes.

Tú te has convertido en una mujer bastante atractiva. Aunque nunca serás Janie, evidentemente.

Evidentemente, repitió Megan para sus adentros, y a sus labios asomó una sonrisa más filosófica que cínica.

–Mira, papá, tengo que... –de pronto sintió que alguien le daba un par de palmadas en el hombro–. Espera un momento.

Se volvió, y la expresión interrogante de su rostro se tornó en pánico cuando alzó la vista.

–¡Tú!

Ay, Dios, ¿cuánto tiempo llevaría allí? El pensar que hubiera podido escuchar lo que había estado diciendo hizo que se le revolviera el estómago.

Emilio Ríos sonrió y, sin decir una palabra, tomó su rostro entre ambas manos. Una miríada de emociones vibraban en la aturdida mente de Megan, que permaneció inmóvil, paralizada por su magnética mirada, mientras él inclinaba la cabeza.

La lógica le decía que aquello no podía estar pasando... pero estaba pasando. No era un sueño, era real. En los sueños no se podía sentir nada, y ella sentía el aliento de Emilio en las mejillas y el calor que emanaba de su cuerpo a pesar de que los separaban unos centímetros. «¡Di algo! ¡Haz algo!», la instó una voz en su cabeza, pero era incapaz de hacer nada.

Los labios de Emilio se posaron sobre los suyos. «Chilla. Pégale una patada. Muérdelo», le insistía esa voz en su cabeza. Pero en vez de eso sintió que se derretía, haciendo que su cuerpo se apretara contra el de él, y sus labios se abrieron con un suspiro silencioso, no solo permitiendo la erótica y descarada invasión de su lengua, sino también alentándola.

El deseo la invadió, como una ola gigantesca, y se aferró a Emilio, rodeándole la cintura con los brazos. En ese momento fue como si la gente que había a su alrededor se desvaneciera, como si lo único de lo que era consciente en ese momento fuese la sensación de la lengua de Emilio explorando su boca, de la textura de sus cálidos labios.

Y entonces, de pronto, del mismo modo inesperado en que había comenzado aquel beso, terminó abruptamente. Megan se quedó allí de pie, aturdida, echando en falta el calor de su cuerpo cuando Emilio se apartó de ella, temblorosa, y sintiéndose como si la hubiese arrollado un camión.

Megan apretó los puños.

–Emilio... Justo ahora estaba hablando de ti –murmuró levantando el teléfono.

En los dos años que habían pasado desde la última vez que lo había visto, Emilio Ríos no había cambiado nada. El mismo físico esbelto y atlético, las mismas facciones esculpidas... Pero ella ya no era la misma, se recordó. «¡Dios, acaba de besarme!».

Emilio se quedó observando a Megan, esperando a que recobrara el aliento, fascinado por el modo en que ella pretendía fingir que lo que acababa de ocurrir no había ocurrido. Se había dirigido a él, pero en vez de mirarlo a la cara, sus ojos estaban fijos en un punto en la distancia, por encima de su hombro, y su voz había sonado nerviosa.

En un esfuerzo por refrenar el deseo que se había desatado en su interior, evitó mirar los labios de Megan. No le ayudaría en nada a controlar la dolorosa erección que tenía en ese momento. El besar a una mujer en un lugar público tenía sus desventajas.

Megan, entretanto, estaba diciéndose: «Has conocido a muchos hombres atractivos. No tienes por qué empezar a decir tonterías solo porque lo mires. Ya no tiene ningún poder sobre ti y tú ya no estás enamorada platónicamente de él. No es más que un hombre al que apenas conoces, y si lo conoces es únicamente porque iba a la universidad con tu hermano».

Sí, ya. No era más que un hombre que hacía que le costase trabajo respirar cada vez que estaba cerca de él. Megan bajó la vista y se obligó a afrontar el hecho de que Emilio Ríos jamás sería un hombre cualquiera. «Pero eso no significa que tengas que humillarte babeando delante de él».

–Lo sé, te he oído hablando.

En medio del murmullo de la gente que los rodeaba, y de los fuertes latidos de su corazón, a Megan le pareció oír una voz vagamente familiar que llamaba a Emilio. Si él la oyó también desde luego no dio muestras de ello, sino que siguió mirándola con una expresión difícil de interpretar.

–Me has besado.

Emilio enarcó una ceja.

–Estaba empezando a pensar que no te habías dado cuenta.

–Estoy tratando de ignorarlo –replicó ella. ¿Estaba ignorándolo... o más bien no quería pensar en ello?–. Igual que no le prestaría atención a un insecto molesto que estuviera revoloteando a mi alrededor.

–Así que... ¿no te gusto? –inquirió él.

Pero a juzgar por la sonrisa socarrona de sus labios no daba la impresión de que aquella posibilidad hubiese hecho mella en la suprema confianza que tenía en sí mismo, pensó Megan, haciendo un esfuerzo por recobrar la compostura.

Cuando menos debería cerrar la boca, se dijo. Debía de parecer una tonta. «Y relájate».

Mientras estudiaba las facciones de Megan, Emilio concluyó una vez más que era el rostro más dulce que había visto nunca. Permitió que su vista descendiera brevemente a su pecho, que subía y bajaba por su respiración agitada, antes de mirarla de nuevo a la cara.

El color de sus ojos siempre lo había fascinado, un intenso color miel, y su piel cremosa no mostraba la más mínima impureza. Se preguntaba si la piel del resto de su cuerpo sería igual.

Megan parpadeó, y alzó la barbilla con una mirada desafiante que decía «no juegues conmigo». Emilio sintió que lo recorría un cosquilleo que hacía mucho que no sentía, y aceptó en silencio el desafío. Nada le gustaría más que eso.

Megan estaba acostumbrada a los hombres poderosos y a sus egos. La experiencia le había enseñado que les gustaba tanto que los adulasen como a cualquier otra persona, o quizá incluso más, porque se consideraban merecedores de esas alabanzas.

Sin embargo, en vez de alabanzas, las palabras que cruzaron los labios de Megan fueron:

–No, no me gustas nada.

–Pero si apenas me conoces... aunque creas lo contrario.

–Pues no quiero conocerte –replicó ella de un modo infantil–. Y si intentas volver a besarme, te juro que...

Emilio enarcó una ceja y sonrió divertido.

–¿Qué harás? –inquirió curioso.

«Buena pregunta». Megan resopló contrariada.

–¡No vuelvas a intentarlo y punto!

No era una amenaza que fuera a hacerlo temblar de terror, pero al menos no le había contestado: «¡Responder al beso!».

Los ojos de Emilio brillaron ante su advertencia, no de ira, ni tampoco porque lo divirtiera; era algo distinto, pero Megan no habría sabido ponerle nombre.

–Eso te ha salido del corazón –murmuró él sarcástico.

Megan lo miró furibunda, y oyó que alguien lo llamaba de nuevo. Iba a girar la cabeza en esa dirección, pero Emilio la tomó de la barbilla para que lo mirara a los ojos.

Aquel inesperado contacto la hizo estremecerse de arriba abajo y un gemido ahogado escapó de sus labios. Habría querido apartar sus dedos de un manotazo.

–Deja de mirarme de ese...

De pronto la boca de Emilio volvió a posarse sobre la suya, y fue como si aquello dejase a Megan sin fuerzas de un plumazo. Y si el brazo de él no le hubiese rodeado la cintura, atrayéndola hacia sí, las piernas, que en ese momento le flaquearon, no habrían podido sostenerla y habría caído al suelo.

Cuando la soltó, la respiración de Megan se había tornado entrecortada. Alzó la vista hacia él y parpadeó.

–Te dije que no volvieras a hacer eso.

–No he podido evitarlo. Era un desafío demasiado irresistible, igual que lo son tus labios. Unos labios que fueron hechos para besar.

Emilio tomó el teléfono de su mano, y Megan recordó azorada que no había colgado. Sin apartar sus ojos de los de ella, se llevó el móvil al oído y dijo:

–Hola, soy Emilio Ríos; ¿con quién hablo?

Megan le lanzó una mirada furiosa y alargó la mano para que se lo devolviera.

–Ah, hola, Charles. Sí, está aquí conmigo –respondió Emilio ignorándola, y siguió hablando–. No se preocupe, cuidaré de ella. Oh, no es ninguna molestia, Charles –dijo con una sonrisa socarrona, girándose para evitar a Megan, que estaba intentando quitarle el teléfono–. Será un placer. Sí, Megan le manda besos.

–¡No hables por mí! –le gritó ella, atrayendo la atención de la gente que los rodeaba.

Cuando por fin logró recuperar el teléfono, se apresuró a llevárselo al oído.

–Papá, no hace falta molestar al señor Ríos; yo no...
¿Papá? ¡Ha cortado! –exclamó, lanzando una mirada
acusadora a Emilio.

–Tu padre es un hombre ocupado –dijo este encogiéndose de hombros.

–Mi padre es un... –Megan se mordió la lengua para
no decir lo que pensaba de su padre en ese momento.

Si las miradas matasen, Emilio habría caído fulmi-
nado hacía ya rato.

–Ahora que sabe que alguien va a cuidar de ti se ha
quedado más tranquilo.

–No necesito que nadie cuide de mí, y mi padre lo
sabe. Solo está siendo amable contigo porque tienes
contactos que le... –al darse cuenta de lo que se le acababa de escapar, cerró la boca y se calló.

Emilio apretó los labios y resopló. Menudo padre...
Charles Armstrong nunca había comprendido que el deber de un padre hacia sus hijos era protegerlos. Armstrong utilizaría a cualquiera, incluida su propia familia,
para conseguir lo que quería.

–¿Y cómo de amable espera tu padre que seas conmigo?

Megan aspiró bruscamente por la boca y dio un paso
atrás, como si le hubiese dado una bofetada. La ira que
corría por sus venas, como la lava por las laderas de un
volcán, le impidió ver la compasión de los ojos oscuros
de Emilio.

Alzó la barbilla y lo miró con los ojos entornados.

–Mi padre jamás me pediría que me acostara con un
hombre para conseguir algo de él.

–Ya. Bueno, tampoco creo que pusiera el grito en el
cielo si decidieras hacerlo por tu cuenta.

–Cuando me acuesto con un hombre lo hago porque
quiero, no para ayudar a mi padre en sus negocios.

Y Emilio no tenía por qué saber que hasta la fecha

no se había acostado con ninguno. De hecho, aunque se lo dijera, dudaba que la hubiese creído.

Lo cual era irónico, porque mientras que todo el mundo pensaba que era fría como el hielo, una reputación tras la cual le resultaba muy cómodo escudarse, Emilio Ríos creía que era una especie de fulana capaz de liarse con cualquiera que se le pusiese por delante.

Dos años atrás la había salvado de una situación desagradable que había estado a punto de escapar a su control. Sin embargo, su gratitud inicial hacia él se había convertido en angustia y humillación cuando la había mirado con desprecio y le había echado un sermón sobre los peligros que conllevaba el incitar a un hombre. ¡La había tratado como si aquello hubiese sido culpa suya, como si ella hubiese estado flirteando con aquel tipo, como si hubiese intentado seducirlo!

Por aquel entonces ni siquiera había tenido aún un novio formal. El tipo de cuyas garras la había rescatado no era el chico que la había acompañado al baile de graduación, sino un profesor, joven aunque mayor para su gusto, que se había ofrecido a llevarla a casa cuando su acompañante se había emborrachado.

¿Cómo podía haber sabido ella que aquel tipo había bebido también unas cuantas copas de más? No se había dado cuenta hasta que, cuando ya estaban llegando a su casa, había aminorado la velocidad, y había empezado a insinuársele, haciéndola sentirse muy incómoda. Había parado el coche a unos metros de la casa, y había intentado besarla.

Mientras intentaba zafarse, había tratado de mantener la calma, pero cuando Emilio había abierto la puerta, y le había ordenado que se apartase de ella, estaba al borde del pánico. En ese momento había sentido un profundo alivio, pero le había durado poco.

—Bueno, ¿y entonces qué?

Megan apartó los recuerdos de esa noche y miró a Emilio sin comprender.

–¿Qué de qué?

Sardónico, Emilio enarcó una ceja.

–Que si quieres acostarte conmigo o no.

Una ola de calor invadió a Megan, que se dijo que era porque se sentía insultada, no porque la idea la excitara. Se aferró a la ira con dificultad, y fingió considerar su insolente pregunta.

–Pues no sé, ¿te sobra un millón de libras?

Por lo que había oído, tenía mucho más que eso.

Emilio enarcó ambas cejas.

–Te tienes en muy alta estima.

Megan se echó hacia atrás el cabello, que llevaba recogido en una coleta, y le respondió en un tono desdeñoso, y con una seguridad en sí misma que no sentía en absoluto:

–Es que lo valgo.

–En ese caso, tal vez podamos llegar a un acuerdo. No me importa pagar más por algo que es de calidad –murmuró Emilio.

La tensión sexual que había entre ambos se hizo aún más intensa cuando se quedaron mirándose a los ojos fijamente, como si ninguno quisiera ser el primero en rendirse y apartar la vista. Sin embargo, antes de que aquella absurda negociación pudiera ir más lejos, una voz rompió el silencio.

–¿Emilio?

Capítulo 3

MEGAN giró la cabeza. La mujer que se había acercado a ellos, la misma que había pronunciado el nombre de Emilio, era bajita, apenas medía más de un metro cincuenta, delgada y morena. La última vez que Megan la había visto llevaba un anillo en el dedo, pero aparte de ese detalle, no parecía muy cambiada.

Rosanna era la mujer más hermosa que había visto en toda su vida. Su pelo siempre estaba perfecto, y tenía el aspecto de una muñeca de porcelana de grandes ojos castaños, boca pequeña y sonrosada y nariz delicada. Tenía esa imagen frágil que despertaba el instinto protector de los hombres.

–Sí que te llamé, pero parece que estabas... –le dijo Rosanna a Emilio, enarcando una ceja y esbozando una sonrisa traviesa– ocupado.

Megan sintió que se le tensaban los músculos del estómago cuando observó que Emilio se inclinaba para besar a Rosanna en la mejilla.

–No tenía ni idea –dijo esta, volviéndose hacia Megan con una sonrisa. Luego, miró a Emilio, sonriéndole también, como con alivio, y le dijo–: Me alegro de que hayas encontrado el amor.

Megan parpadeó patidifusa, y se quedó esperando a que Emilio le dijera que se equivocaba, pero en vez de eso le preguntó a su exmujer si alguien había quedado en ir a recogerla.

–Sí –respondió Rosanna, paseando la mirada entre la multitud, como buscando a esa persona–. Pero algo ha debido de retrasarlo.

–¿Podemos llevarte a algún sitio? –le ofreció Emilio.

Megan frunció el ceño al oír ese «podemos», en plural, que mandaba un mensaje engañoso. Rosanna sacudió la cabeza.

–No, gracias, lo esperaré.

Emilio le pasó un brazo por los hombros a Megan, y aunque ella dio un respingo, hizo como si no lo hubiera notado.

–Bueno, si estás segura de que prefieres esperarlo...

Megan le lanzó una mirada de «¿se puede saber a qué diablos estás jugando?», a lo que él respondió inclinándose hacia ella para susurrarle al oído:

–Respecto a tu oferta... trato hecho.

Las mejillas de Megan se tiñeron de rubor y balbució en voz alta:

–No hablaba en serio, y lo sabes.

–Pues no deberías hacer ofrecimientos que luego no estés dispuesta a cumplir –la reprendió con una amorosa sonrisa–. Perdona, Rosanna, estamos siendo muy groseros, hablando de nuestras cosas delante de ti como si estuviéramos solos.

–Eres tú el que está siendo grosero –le espetó Megan entre dientes por lo bajo.

Grosero, y extremadamente manipulador. ¿A qué venía todo aquello?

–No hace falta que os disculpéis. ¿Habéis llegado ahora, o es que os vais a algún destino romántico?

–Nosotros no... –protestó Megan, dispuesta a poner fin a aquello.

Pero no logró acabar la frase y su voz sonó como si le faltara el aliento. Y la culpa era de los dedos de Emilio, que se habían puesto a masajearle el cuello en ese preciso momento.

Aquel contacto tan casual e íntimo a la vez la hizo estremecerse de deseo.

—Estás muy tensa, cariño —le dijo Emilio tomándola de la barbilla y mirándola con fingida preocupación.

—Pues no alcanzo a imaginar por qué —respondió ella con sarcasmo.

Emilio se rio, y la mano que estaba en su cuello descendió hasta el hueco de su espalda.

—Megan quería volver a Inglaterra, pero parece que va a tener que quedarse conmigo unos días más.

Rosanna esbozó una sonrisa compasiva.

—Vaya, qué mala suerte.

—Y qué buena suerte para mí —añadió Emilio, antes de que Megan pudiera decir nada.

—¿Cuánto hace que estáis...?

Megan, consciente de que los ojos de Emilio estaban fijos en ella, se esforzó por sonreír y le dijo a Rosanna:

—No estamos... Emilio solo está bromeando.

—Solo somos buenos amigos —añadió él, con una sonrisa que decía: «no me lo creo ni yo».

Rosanna sonrió con complicidad.

—Ah, por supuesto.

—No, en serio —insistió Megan—. Solo somos...

Emilio la silenció poniendo un dedo sobre sus labios.

—Megan, relájate... —murmuró con una voz aterciopelada que sugería una intimidad entre ellos que no existía—. Rosanna lo comprende y no va a contarlo a los cuatro vientos ni nada de eso —dijo apartando un mechón de su rostro y remetiéndolo por detrás de su oreja.

Megan tragó saliva y se esforzó por parecer calmada

cuando el corazón estaba latiéndole con tal fuerza que parecía que quisiera salírsele del pecho.

Emilio no apartó la mano, sino que sus dedos le acariciaron el lóbulo de la oreja, haciéndola estremecerse de nuevo por dentro, y Megan entendió de pronto por qué decían que el lóbulo era una zona erógena. «¡Dios, tengo zonas erógenas!», pensó, aún sin creerse que aquello estuviera pasando. Pero cuando alzó la vista y se encontró con su intensa mirada, lo que pensó fue: «No, tengo un problema».

–Me gustan estos pendientes –murmuró Emilio.

Megan tragó saliva. «Seguro que mañana te ríes de esto cuando te acuerdes», se dijo.

–Eran... eran de mi madre.

Bajó la vista cuando sintió que se le estaban llenando los ojos de lágrimas porque se estaba emocionando como una tonta. Aquellos pendientes eran uno de los pocos recuerdos tangibles que tenía de su madre, junto con su reloj de pulsera y una fotografía arrugada y borrosa en la que salía en sus brazos y que llevaba siempre en la cartera.

–Hacen juego con tus ojos. ¿Tu madre también los tenía de color miel? –inquirió Emilio.

Megan alzó la vista, sorprendida por la pregunta. Estaba segura de que en realidad no tenía ningún interés en la respuesta; probablemente también era parte de aquella pantomima que estaba escenificando para Rosanna, igual que los besos.

–Sí, yo... me parezco mucho a ella.

–Pues entonces debió de ser una mujer muy hermosa.

El corazón de Megan palpitó con fuerza, el muy traidor, pero ella se empeñó en ignorarlo, y se volvió hacia Rosanna.

–Me ha alegrado volver a verte, pero es que tengo mucha prisa –le dijo.

–Oh, no te preocupes. Yo también me alegro –respondió Rosanna con una cálida sonrisa–. Philip me habla muy a menudo de ti.

–¿Hablas con Philip?

Una expresión consternada afloró al rostro de Rosanna.

–Yo... bueno...

–Siento interrumpirlas, señoritas –la cortó Emilio–, pero esta es la razón por la que siempre llegamos tarde a todas partes –le dijo a Megan, dando unos toquecitos con el dedo en la esfera de su reloj de pulsera–, porque hablas demasiado.

Agarró a Megan del brazo, besó a Rosanna en la mejilla, y se dirigió a la salida, prácticamente arrastrando a Megan tras él.

–¿Qué crees que estás haciendo? –le preguntó ella enfadada.

–Salvarte de una situación incómoda.

Megan soltó una carcajada de incredulidad en el momento en que salían al exterior, antes de apartarse de él y quedársele mirando con los brazos en jarras.

–Una situación incómoda que tú has creado.

Por toda respuesta, él sonrió.

–Tengo el coche cerca.

Pero Megan no se movió.

–Pues adiós.

Emilio exhaló un suspiro.

–Mira, podemos...

–¿...hacer esto por las buenas, o por las malas? –adivinó Megan.

–Resulta tentador, pero no; lo que iba a decir es que podemos quedarnos aquí discutiendo durante horas, pero al final tendrás que dejar que te lleve porque la otra alternativa es que te desesperes tratando de encontrar un taxi libre –le dijo él, señalando las largas colas que había junto a la parada de taxis vacía–. Además, le prometí a tu padre que cuidaría de ti.

–¿Y acaso eres un hombre de palabra?

–Me duele que lo pongas en duda –respondió él. El silencio se prolongó mientras la veía debatirse entre aceptar su ofrecimiento o no–. A menos, claro está, que por algún motivo tengas miedo de subirte conmigo al coche...

Megan alzó la barbilla desafiante.

–Pues claro que no –le espetó.

Capítulo 4

ENFADADA consigo misma por haber dejado que Emilio la convenciera para que aceptara que la llevase en su coche, Megan no abrió la boca hasta que dejaron atrás el congestionado tráfico de las inmediaciones del aeropuerto.

–Creo que me debes una disculpa.

–¿Y eso por qué? –inquirió él.

–Porque me has besado –respondió ella, irritada a causa de que no pudiera siquiera decirlo sin sonrojarse.

Emilio enarcó una ceja y le lanzó una sonrisa lobuna.

–No lo he olvidado. ¿Y esperas que me disculpe por besarte?

–Pues yo ya lo he olvidado –mintió Megan. Esperaba que aquella pulla hiriera su ego, pero dudaba que fuera a pasar–. Y sí, estoy esperando a que te disculpes por haberme besado para dar celos a tu ex.

A Emilio parecieron chocarle sus palabras.

–¿Celos?

–Y encima para que ni siquiera te funcionara... Asúmelo, Emilio: no le importó en lo más mínimo –le espetó. Probablemente, añadió con cierta amargura para sus adentros, porque sabía que él volvería corriendo a su lado con solo chasquear los dedos–. Tengo que decirte que me has decepcionado.

–¿Con mi forma de besar?

Megan, que no tenía intención de entrar en ese tema, ignoró su interrupción y siguió hablando.

—Creía que eras toda una autoridad en lo que se refería a las mujeres, un casanova en toda regla...

—Pareces muy interesada en mi vida sexual.

Aquella pulla hizo sonrojar de nuevo a Megan, pero no bajó la vista cuando le contestó:

—Es de dominio público.

Él pareció momentáneamente contrariado antes de que su rostro se contrajera en una mueca de desagrado.

—Ah, ese condenado artículo... ¿Cuánto tiempo me va a perseguir?

Su cara de asco hizo reír a Megan.

—¿Perseguirte? Yo creía que te habrías sentido halagado. Algunas de las cosas que aquella mujer contaba que hacías en la cama no creía que fueran siquiera posibles. ¿Me aceptarías un consejo?

—Si tu consejo es que no me acueste con mujeres que van por ahí aireando detalles íntimos a las revistas de papel cuché, más vale que no gastes saliva.

A Emilio le importaba bien poco lo que se escribía de él, ya fuera bueno o malo, pero aquel artículo en particular no solo había sido obsceno y de mal gusto, sino también una sarta de mentiras.

Habría podido poner una demanda a la revista y habría ganado el juicio, pero aquello habría hecho que el asunto siguiera más tiempo en el candelero y atrajera la atención de otros medios, así que había apretado los puños y había decidido guardar silencio, esperando a que se olvidara.

—No era eso lo que iba a decir —replicó ella—, aunque me parece un buen consejo.

—Solo si de verdad me hubiese acostado con esa mujer.

–¿No lo hiciste? Pero ella dijo...

–¿Y te crees todo lo que lees en esa clase de revistas? –la cortó él sardónico.

–Bueno, todo no... –balbució ella.

–Ya, solo lo que lees de mí –farfulló Emilio sin apartar la vista de la carretera–. Pero tengo curiosidad por saber cuál era ese consejo que ibas a darme. Me gustaría oírlo; aunque solo sea para demostrarte que soy un hombre abierto de mente. Dime, ¿cuál era esa perla de sabiduría que querías compartir conmigo?

–¿Seguro que quieres saberlo? –inquirió ella. Cuando Emilio asintió, añadió–: Muy bien. No soy una experta...

–¿Por qué será que me huelo que ahora viene un «pero»? –la interrumpió él con una sonrisa burlona.

–¿Quieres oír lo que tengo que decir o no?

Emilio la miró e hizo como que se cerraba los labios con una cremallera.

–No soy una experta –comenzó de nuevo Megan–, pero a mí me parece que besar a otra mujer no es la mejor manera de recuperar a una esposa.

Hubo un largo silencio antes de que Emilio respondiera.

–¿De verdad crees que fue por eso por lo que te besé?

La siguiente vez se aseguraría de dejarle sus intenciones bien claras, se dijo Emilio. Claro que sería mucho más fácil si no estuvieran en un lugar público, rodeados de docenas de personas.

Megan enarcó una ceja.

–¿Y entonces qué tengo que pensar?, ¿que se apodera de ti un deseo irrefrenable cuando me ves?

Algunas veces se había preguntado cómo sería ser una de esas mujeres que despertaban semejante pasión en los hombres.

–Pues espero que seas consciente de lo patético que ha sido. Debería haber llamado a seguridad –añadió. Sí, eso era lo que debería haber hecho... en vez de responder al beso.

–La gente se besa en los aeropuertos.

–¡Sí, pero no así!

–Tú tampoco me apartaste de un empujón –apuntó él. Y tuvo que hacer un esfuerzo por concentrarse en la carretera cuando lo atormentó el recuerdo de las suaves curvas de Megan derritiéndose contra su cuerpo–. Más bien, todo lo contrario. Me pregunto por qué.

–Porque sentí lástima de ti –le espetó ella. Satisfecha de aquella pulla que se le había escapado, añadió–: ¿Sabes?, deberías superarlo de una vez. Es evidente que Rosanna lo ha hecho.

–Es verdad, ha rehecho su vida. De hecho, creo que un día de estos recibiremos una invitación a su boda.

–¿Va a casarse?

Aquello explicaba el numerito que había montado Emilio... sobre todo si seguía enamorado de su exmujer.

Megan ignoró la punzada de lástima que sintió por él. Sí, aquello podía explicarlo, pero no disculpaba que la hubiese utilizado de esa manera.

–Bueno, aún no es seguro, pero pareces sorprendida.

–Lo estoy.

Aunque aquella noticia no la había sorprendido tanto como cuando se había enterado de que Emilio y Rosanna, que parecían la pareja perfecta, iban a romper. Hasta el día en que habían hecho pública su intención de divorciarse había estado convencida de que se reconciliarían, pero lo habían llevado de una manera muy amistosa y discreta, y según se decía, había sido de mutuo acuerdo. Claro que... ¿no habría sido todo aquello una manera de guardar las apariencias?

El apellido Ríos no solo conllevaba unos genes magníficos, pensó mirando de reojo el atractivo perfil de

Emilio, un perfil de noble patricio, sino también otras cosas, como el honor de la familia, que había que mantener a toda costa, y sus tradiciones.

Megan se preguntaba cómo le habría sentado al padre de Emilio la noticia del divorcio. En muchos aspectos, los Ríos seguían viviendo en la Edad de Piedra, y el divorcio era algo inconcebible para ellos. Tal vez no había sido algo de mutuo acuerdo, como habían dicho. Le lanzó otra mirada a Emilio, preguntándose si él no habría esperado también que acabarían reconciliándose.

–¡Y yo que creía que Rosanna renegaría para siempre del matrimonio después de haber estado casada contigo! De hecho, me resulta casi tan incomprensible como el hecho de que se casara contigo.

–¿Ah, sí? –murmuró él, girando la cabeza y bajando la vista a los labios de Megan.

Aquella insolente mirada la hizo moverse incómoda en su asiento.

–Pues sí, porque yo la tenía por una mujer cuerda.

Emilio siguió mirando sus labios, y Megan, que no podía aguantar un segundo más, le gritó:

–¿Te importaría no apartar la vista de la carretera? –solo entonces se dio cuenta de que se habían parado en un semáforo–. Además, ninguna mujer se casaría con un hombre solo porque bese bien, si eso es lo que estás intentando darme a entender.

–Me alegra que te hayas dado cuenta. De hecho, se me dan bien muchas otras cosas aparte de besar...

Megan, cada vez más azorada, se llevó una mano al pecho.

–¡No quiero saberlo! –le espetó, dejando caer la máscara de altiva indiferencia.

Lo peor fue que su mente ignoró su tajante afirma-

ción, y empezó a imaginarse qué otras cosas podían dár-
sele bien a Emilio.

—Debería haber tomado un taxi —masculló entre dientes—. Solo Dios sabe por qué he accedido a subirme al
coche contigo.

—¿No será que esperabas que te volviera a besar?

Ella encogió un hombro y respondió con desdén:

—No, porque estamos solos y no vas a darle celos a
nadie.

—Al contrario de lo que pareces creer, no soy un ex-
hibicionista —dijo él con sorna—. Prefiero hacer ciertas
cosas en privado.

Su voz profunda y aterciopelada hizo que la imaginación de Megan se disparase, y se le escapó un gemido
ahogado al notar que una ola de calor afloraba entre sus
piernas.

—¡Pues conmigo no va a ser! —le espetó.

Pulsó el botón para bajar la ventanilla, y al ver que
no bajaba de inmediato volvió a apretarlo con cierta de-
sesperación.

—Está puesto el aire acondicionado —le dijo Emilio.

Megan sacó la cabeza por la ventanilla e inspiró profundamente.

—Pues no funciona bien —respondió. En ese momento
no le habría hecho efecto ni una ducha fría.

La alarmaba que pudiese excitarla físicamente con
esa facilidad. Era surrealista, pero su excitación parecía
aumentar en la misma medida en que aumentaba su an-
tagonismo hacia él.

El semáforo se abrió y Emilio cambió de marcha y
pisó el acelerador. El poderoso monstruo que conducía
avanzó ansioso, como un perro tirando de la correa de
su amo, cuando el congestionado tráfico empezó a moverse de nuevo. Emilio sintió algo de lástima ante la «frus-

tración» de la máquina; su libido también estaba tirándole de la correa.

–Ya sabes lo que dicen: «nunca digas de esta agua no beberé» –giró la cabeza un momento y posó la mirada en el pecho de Megan, que subía y bajaba al ritmo de su agitada respiración–. Cuando respondiste a mi beso, me dio la impresión de que te gustaba.

–No lo hice porque quisiera.

–¿Ah, no?

Megan se mordió el labio inferior y volvió la cabeza hacia la ventanilla.

–Fue un... acto reflejo –respondió con obstinación.

–Ah, ya entiendo. Bueno, pues para ser un acto reflejo debo decir que fue increíble.

Megan se volvió hacia él con una mirada furibunda.

–Debí decirle a Rosanna que no solo no estamos juntos –masculló–... como si alguien fuese a tragarse eso –añadió resoplando con desdén–, sino que además no te soporto.

–Oh, vamos, Megan...

–¿Qué? ¿Acaso te cuesta creer que no pueda soportarte?

–Me refería a ese comentario que has hecho de que nadie podría creerse que haya algo entre nosotros. No veo por qué no.

Megan lo miró irritada.

–Pues porque a mí, al contrario que a otras, me gusta ser plato único, y porque no parezco una Barbie.

–¿Siempre eres tan crítica con tu propio sexo? No deberías juzgar por las apariencias, Megan.

–Oh, usted perdone, ahora va a resultar que soy yo la superficial... –masculló ella–. ¿Sabes qué? Déjame en el primer hotel que pasemos... si no es mucha molestia –dijo con retintín.

Si no lo hacía, era capaz de saltar del coche en movimiento. Aunque se le quedase todo el cuerpo dolorido, siempre sería más llevadero que aquella insufrible conversación.

–¿Sin asegurarme antes de que hayas comido algo?

–No tengo hambre; he desayunado –mintió ella mirando la hora.

Solo eran las nueve y media de la mañana, pero parecía que llevaran horas en el coche.

–Deja de mirar el reloj y relájate. No tienes más remedio que quedarte aquí hasta que salga el próximo vuelo a Londres, y Madrid es una ciudad muy hermosa. ¿No te interesa la Arquitectura, la Historia...?

–¿Por qué?, ¿estás ofreciéndote a hacerme de guía?

Que la invitase a desayunar era una cosa, y tal vez se sintiera obligado a hacerlo después de que su padre le hubiese pedido que cuidase de ella, pero dudaba que fuese a perder un día entero con ella enseñándole la ciudad.

–Bueno, ¿por qué no?

La sonrisa cínica que había aflorado a los labios de ella se desvaneció.

–¡Lo decía en broma!

Su tono espantado y vehemente hizo que Emilio la mirara y enarcara las cejas.

–Además, aunque quisiera hacer turismo, en cuanto mire el correo electrónico seguro que mi padre ya me ha dejado uno o dos encarguitos para que no me aburra –añadió Megan con una sonrisa cínica.

–Pues no lo mires.

Megan parpadeó y se quedó mirándolo como si fuera de otro planeta.

–Puede que tú seas tu propio jefe, pero yo no, y mi padre no ve con buenos ojos a los holgazanes.

–¿Y tú eres una holgazana?

–¡Por supuesto que no!

Una de las comisuras de los labios de Emilio se arqueó hacia arriba, y había un brillo divertido en sus ojos oscuros cuando la miró.

–Pero siendo la hija del jefe, seguro que te consiente más que a nadie.

–Precisamente por ser su hija me exige mucho más que a cualquier otro empleado y... –Megan miró a Emilio con suspicacia y frunció el ceño–. ¿Estás intentando sacarme de mis casillas?

Él sonrió travieso.

–La verdad es que sí. Estás muy guapa cuando te enfadas –admitió–. Pero, hablando en serio, dudo que tu padre fuera capaz de echarte solo para demostrar que trata a todos sus empleados por igual.

–Si no diera la talla, tal vez. Aunque... probablemente no lo hiciera –concedió ella encogiéndose de hombros.

–Porque eres su hija –concluyó él, y enarcó una ceja cuando ella se rio.

–Digamos más bien que no creo que lo hiciera porque mientras esté trabajando para él tiene la sensación de que aún ejerce un cierto control sobre mi vida –respondió ella. De hecho, llevaba algún tiempo pensando...

–Y si te despidiera, dejaría de ejercerlo –dedujo Emilio.

Megan asintió, volviendo la cabeza hacia él, pero cuando sus ojos se encontraron, se dio cuenta de pronto del tema que estaba tratando, y de con quién lo estaba tratando. ¿Acaso se había vuelto loca?, se reprendió apartando la vista. Había ciertas cosas de las que no quería que opinara nadie. Ni siquiera le había hablado de sus planes a su mejor amiga.

–Bueno, y ahora que ya lo sabes todo sobre mi disfuncional familia, lo cual no creo que te interese demasiado –murmuró–, ¿te importa que cambiemos de tema?

Emilio, que sabía mucho más de su familia de lo que

ella pudiera sospechar, se puso serio al recordar cierto momento de la conversación que había tenido con Philip el día anterior; algo a lo que le había estado dando vueltas enfadado mucho después de que se despidieran.

Capítulo 5

POR QUÉ te parece tan absurda la idea de que Megan pueda hacerse con las riendas de la compañía?

Philip había sonreído y había permanecido callado un momento.

–Hablas en serio... –había murmurado, comprendiendo de pronto que Emilio no bromeaba.

A Emilio le había costado contener su impaciencia frente a su amigo, que se había quedado boquiabierto de asombro.

–¿Por qué no iba a estar hablando en serio? Estoy convencido de que es lo que está haciendo tu padre; prepararla para que un día tome el timón de la empresa.

–¿Y qué te hace pensar eso? A menos, claro, que hayas estado siguiendo en secreto sus progresos –había dicho Philip con una sonrisa burlona.

–Nuestro departamento de recursos humanos sigue una política expansiva. Siempre andamos buscando a gente brillante y capaz para incorporarlas a nuestro equipo.

–¿Pensaste en ofrecerle un puesto a mi hermana? –le había preguntado Philip anonadado.

–Es exactamente la clase de persona que buscamos.

Claro que no era algo que hiciesen directamente, por supuesto. Los contactos preliminares los llevaba a cabo una agencia externa.

–¿A Megan?, ¿nuestra Megan?

–Obtuvo las mejores notas de su promoción cuando se licenció –había contestado él, que se preguntaba si su familia se habría enterado siquiera.

Habría sido la primera vez. Megan, que era la única persona modesta y discreta de una familia con personalidades cuando menos peculiares, había perfeccionado el arte de hacerse invisible y no destacar hasta el punto de que, cuando alguien le prestaba atención, casi parecía asustada.

Emilio había sentido que la ira se apoderaba de él al recordar lo agradecida que se había mostrado cuando los Armstrong la habían aceptado como parte de la familia.

–Megan siempre ha sido una empollona –había comentado Philip con una sonrisa afectuosa.

–Es una persona responsable y centrada –había matizado Emilio–, y esas son dos cualidades que considero esenciales en las personas a las que contrato para que trabajen para mí.

–Así que querías que Megan... ¿Y ella rechazó tu oferta?

–Para ser más exactos, me dio a entender a través de un intermediario que no estaba disponible.

–Todavía no me lo acabo de creer... Quiero decir que es evidente que Megan es brillante y todo eso, pero aun así nunca pensé que...

–Pues tu padre debe de ser consciente de lo mucho que vale si está preparándola para convertirla en su sucesora –le había reiterado Emilio.

–Te digo que no –había insistido Philip.

–¿Cómo puedes estar tan seguro?

–Porque conozco a mi padre. Probablemente le haya dado esperanzas en ese sentido... porque él es así –había admitido Philip–, ¿pero dejar que tome las riendas de la empresa? –le había preguntado sacudiendo la cabeza–. Eso no ocurrirá jamás.

–¿Por qué no?

–Pues porque para empezar, por si lo has olvidado, es una chica.

–Ya me he dado cuenta de que es una mujer –había respondido Emilio, haciendo hincapié en esa última palabra.

–Mi padre se las da de liberal cuando habla de las mujeres en el mundo laboral, pero en el fondo es un machista.

–Pues antes me has dado a entender que no le habría disgustado que Janie hubiese mostrado algo de interés por la empresa familiar.

–Sí, pero Janie siempre ha sido su favorita y Megan no es más que...

En ese momento, Emilio no se había podido contener, y le había lanzado una mirada furibunda. Philip no había terminado la frase y, algo vacilante, había continuado:

–Bueno, ya sabes que nuestro padre acogió a Megan en la familia cuando su madre murió, pero lo cierto es que aunque también sea hija suya, para él siempre ha sido...

–La hija de una criada.

–Yo no lo veo así –había protestado Philip sonrojándose–, pero mi padre sí. Y la madre de Megan era nuestra ama de llaves antes de quedarse embarazada –lo había corregido a continuación.

Emilio había tratado de contener su ira. No sabía por qué aquella sórdida historia lo ponía tan furioso. Al fin y al cabo, en la historia de su familia habían ocurrido casos similares. La única diferencia era que ningún miembro de su familia habría reconocido jamás a un hijo ilegítimo, aunque el niño se hubiese quedado solo en el mundo tras la muerte de su madre como le había pasado a Megan.

Por eso, siendo justo, a Charles Armstrong tenía que reconocerle que había cumplido con sus obligaciones como padre hacia Megan, aunque hubiera tardado doce años en hacerlo.

Emilio apenas alcanzaba a imaginar lo duro que había debido de ser para Megan haberse mudado a vivir en un entorno desconocido con gente a la que no conocía... gente que nunca había sabido apreciarla en lo que valía.

Megan apartó la mirada de los largos dedos de Emilio, que tamborileaban impacientes en el volante, para mirar su perfil. Sus facciones tensas delataban su irritación.

—Yo también odio conducir cuando el tráfico está así —le dijo—. No es de extrañar que la gente se ponga de tan mal humor al volante.

La suave voz de Megan arrancó a Emilio de sus sombríos pensamientos. Giró la cabeza hacia ella, y al mirarla a los ojos sintió que se le encogía el corazón de ternura y que salía a la superficie su instinto protector.

—Yo no siento ira hacia la carretera —le dijo Emilio. «Solo hacia cada una de las personas que te han hecho daño»—, pero no comprendo cómo puedes seguir trabajando para tu padre. ¿Acaso no te molesta que te manipule?

—Bueno, «manipular» me parece una palabra algo fuerte.

No lo bastante fuerte, en opinión de Emilio. No cuando su padre no quería que su hija desarrollara plenamente su potencial; solo la estaba utilizando para sus propios intereses. ¿No se daba cuenta Megan de que nunca le dejaría morder la zanahoria con la que la tentaba?

—Y volviendo a tu oferta de invitarme a desayunar y enseñarme la ciudad, por muy tentadora que resulte

–dijo Megan con sarcasmo–, voy a ser una buena chica y voy a rehusarla. Y no hace falta que finjas decepción porque, admítelo, seguro que se te ocurren formas mejores de emplear tu tiempo que hacerme de guía.

–Pues la verdad es que sí –reconoció él con la mirada fija en sus labios. Y todas las maneras que se le ocurrían tenían lugar en una cama, con ella, y sin nada de ropa.

Megan, sin embargo, que no podía leerle el pensamiento, se sintió dolida al oír su respuesta, aunque no sabía por qué, cuando estaba segura de que se había ofrecido a enseñarle la ciudad solo por quedar bien. Claro que una cosa era ser sincero, y otra muy distinta ser grosero.

–¿Y siempre te comportas como una buena chica?

Aquella podría haber sido una pregunta inocente, si no fuera porque el tono sensual en que había sido formulada parecía sacado de una fantasía erótica. Megan se preguntó si le gustarían las chicas malas.

Se quedó mirándolo, sintiéndose como si hubiera caído en un trance. Aquella conversación, todo lo que había ocurrido desde que había llegado al aeropuerto, era tan surrealista... Inspiró profundamente, y el olor de la colonia de Emilio invadió sus fosas nasales, haciendo que un cosquilleo la recorriera de arriba abajo. «¡Por amor de Dios, Megan, contrólate!».

–Siempre –respondió con indiferencia. Lástima que le temblara un poco la voz.

Una sonrisa maliciosa asomó a las comisuras de los labios de Emilio, que bajó la vista a las manos de Megan, apretadas sobre su regazo.

–Las niñas buenas no se muerden las uñas.

Incapaz de contenerse, Megan deslizó las manos por debajo de sus muslos para ocultar el lamentable estado de sus uñas.

–Yo no me las... –comenzó, pero no acabó la frase, porque de nada servía negar la evidencia.

Alzó la barbilla y sus ojos se posaron en las manos de Emilio, que asían el volante. Eran unas manos fuertes, unas manos que daba gusto mirar. Seguro que igual que el resto de su cuerpo, añadió para sus adentros. Sus ojos ambarinos admiraron hipnotizados sus largos dedos y las uñas, bien recortadas, y no pudo evitar imaginar esas mismas manos deslizándose por su blanca piel.

Apretó la mandíbula y apartó ese pensamiento de su mente.

–Está bien, sí, me muerdo las uñas, ¿y qué? Seguro que estás pensando que es un signo de algún trauma, o algo así. Pues no, te equivocas. No es más que un hábito.

Un hábito del que en ese momento se juró a sí misma que iba a curarse. Se lo había propuesto varias veces, pero esa vez iba a hacerlo.

–Estaba pensando que a lo mejor lo hacías cuando te entraba hambre.

–Siempre tengo hambre –respondió ella sin pensar.

Emilio sonrió.

–Eso lo explica todo.

–¿Que explica qué?

–¿Que puede que tengas bajo el azúcar?

Megan resopló.

–Mis niveles de azúcar están perfectamente.

Lástima que no pudiese decir lo mismo de sus hormonas, que parecían haberse disparado en el momento en que él había aparecido. Desde el momento en que la había besado.

De pronto, el recuerdo de aquel beso, que había estado intentando reprimir, la arrolló como una ola de calor, dejándola sin aliento. Megan se estremeció, y sus ojos se oscurecieron de deseo al recordar el instante en el que la lengua de él se había adentrado en su boca, haciéndola derretirse.

Con la vista borrosa, se llevó una mano a los labios, pero la dejó caer al darse cuenta de que Emilio estaba mirándola. Cuando sus ojos se encontraron, el desafío que leyó en los de él hizo que el corazón le latiera con fuerza.

—De acuerdo, dejaré que me invites a desayunar, pero no quiero que me lleves a ningún sitio elegante; tengo un aspecto horrible.

En fin, ¿qué daño podía haber en comer con él en un lugar público? Y no estaría mal ver algo más de Madrid aparte de la habitación del hotel en el que acabase alojándose.

—Bueno, la verdad es que yo había pensado que pagaríamos a medias, pero...

Y, a pesar de todo, Megan se encontró riéndose.

Capítulo 6

CUANDO entraron en el edificio, Megan se quedó
un poco atrás. No fue hasta que cruzaron el ves-
tíbulo y entraron en un ascensor cuando su mente
dedujo lo evidente:

–Esto no es una cafetería.

Las puertas de cristal del ascensor se cerraron silen-
ciosamente y comenzaron a subir. Megan, a la que no
le gustaban mucho las alturas, prefirió no mirar abajo.

–No solo eres guapa; también eres lista –comentó
Emilio.

Tenía una belleza clásica. Su rostro era un óvalo perfecto, y su piel no mostraba la más mínima impureza.
No era la clase de rostro que llamaría la atención en una
multitud, pero cuando uno se fijaba en él, no podía apartar la vista. Y además tenía clase y era elegante.

Ignorante de su escrutinio, Megan le lanzó una mirada asesina y se pasó una mano por el cabello mientras
trataba de calmar su agitada respiración, que casi podía
oírse en el espacio cerrado. En ese momento el ascensor
se detuvo.

–Y tú eres irritante y sarcástico –respondió, esforzándose por parecer indiferente y calmada–. ¿Qué lugar
es este, Emilio?

¿Y por qué diablos no se abrían las puertas?, se preguntó, echando una mirada frenética al panel de los botones.

No era que tuviera claustrofobia, y el ascensor no era

ni mucho menos estrecho, pero si aquellas condenadas puertas no se abrían pronto, no sabía cuánto tiempo más podría resistir el impulso de apartar a Emilio de un empujón para apretar el botón o, si eso no funcionaba, ponerse a golpear la puerta para pedir ayuda.

Emilio se quedó mirándola y encogió un hombro. Aquel edificio, situado en una de las zonas residenciales más exclusivas de Madrid, había sido una inversión. Una inversión de la que casi se había olvidado hasta que su eficiente secretaria le había sugerido que ya que el apartamento del ático estaba desocupado, podía alojarse allí temporalmente hasta que encontrara otro sitio.

—Es donde vivo.

A Megan se le encogió el estómago.

—Tú... ¿vives aquí?

A Emilio pareció hacerle gracia la pregunta.

—Sí, ya sabes, es el sitio donde vengo a dormir cuando se acaba el día.

El sarcasmo de su voz hizo que las mejillas de Megan se tiñeran de rubor. Aquello no era lo que habían acordado. Desayunar con él en una cafetería era una cosa, y aquello era algo muy distinto.

«Vamos, Megan, no seas chiquilla», se reprendió. Tampoco iba a pasarle nada por tomarse con él una taza de café y unas tostadas. Además, ¿qué otra cosa iba a hacer si no?, ¿salir corriendo como una colegiala asustada?

«Las mujeres caen rendidas a los pies de Emilio antes de que abra la boca», se dijo. «No te ha traído hasta aquí para intentar seducirte». Aquello debería haberla hecho sentirse mejor, pero no fue así. No era que quisiera ser otra persona; era feliz siendo quien era. Pero por una vez le gustaría saber qué se sentía cuando transpirabas por los poros ese algo indefinible que hacía que los hombres te desearan. ¿Los hombres... o ese hombre en concreto que estaba a su lado?

Megan, práctica como siempre, dio carpetazo de inmediato a esos pensamientos. No era una persona dada a desear aquello que no podía tener, sobre todo cuando sabía que ni sus fantasías ni un armario lleno de trajes de Chanel le darían aquello con lo que otras nacían, como Rosanna.

Y en cuanto a querer que Emilio se fijase en ella... Se llevó una mano al estómago, que parecía habérsele llenado de mariposas. En fin, solo el pensarlo la hacía sentirse mareada.

—Si lo prefieres, podemos ir a una cafetería.

Megan no sabía si se lo había imaginado o no, pero le pareció oír una nota de desafío en su voz.

—No, no pasa nada —le echó una mirada discreta a su reloj, preguntándose cuánto tiempo debería esperar antes de irse para no parecer grosera.

Con diez minutos bastaba para beberse un café y tomarse unas tostadas o un bollo, pensó. Además, ¿y qué si quedaba como una grosera? Él no había sido precisamente considerado con ella besándola en el aeropuerto para darle celos a su ex.

—Deja de mirar el reloj y relájate —le dijo Emilio.

Vaya, la había pillado.

—Estoy relajada —respondió ella, apretando los dientes y forzando una sonrisa.

Emilio, que había visto a más de un novio en su boda más relajado que ella, se abstuvo de hacer comentarios.

—Pareces sorprendida de que tenga un apartamento. ¿Qué creías, que dormía en un sofá en mi despacho? —le preguntó divertido.

Megan alzó la vista hacia él.

—Duermas donde duermas, estoy segura de que no lo haces solo.

—¿Y eso te molesta? —inquirió él.

Megan no fue capaz de interpretar la expresión de su rostro, pero no podía dejar de pensar que, de algún modo, Emilio podía leerle el pensamiento.

–¿Molestarme? –se encogió de hombros deliberadamente–. No es asunto mío lo que hagas, o con quién.

–Ya, pero me da la impresión de que eso no impide que tengas una opinión al respecto –contestó él con ironía.

–Pues no, no tengo ninguna –mintió ella sin sonrojarse.

Suerte que no estaba allí Josh para contradecirla. No se había dado cuenta de que su deporte favorito era criticar a Emilio hasta que su compañero de piso, Josh, se lo había hecho ver hacía unos días, cuando le había leído un artículo sobre él, y lo había interrumpido cada pocas líneas para hacer algún comentario desdeñoso.

Cuando Josh le había enseñado la página de la revista donde salía una foto de Emilio con la mujer que lo había acompañado a un estreno de una película, ella había gruñido:

–Lo que no sé es cómo no se le cae el vestido, con ese pedazo de escote.

La mujer aparecía prácticamente pegada a él en la foto.

–Hablas como una gata en celo –había dicho Josh riéndose, antes de dejar la revista a un lado para tomar un sorbo de su café–. ¿Te gusta ese tipo?

–¿Qué dices? Pues claro que no.

Josh había enarcado una ceja.

–Ya, se te nota. No haces más que criticarlo.

–Yo no lo... Bueno, sí lo hago. Pero él tampoco se queda corto en sus críticas hacia mí, te lo aseguro –le había respondido ella.

¡Y encima sin motivo!, había añadido para sus adentros, recordando el sermón que le había echado la última vez que se habían visto. Ella solo había sido una víctima, pero Emilio la había tratado como si fuese una casquivana.

–Umm... Cuenta, cuenta.

–No hay nada que contar –había dicho ella azorada. No estaba dispuesta a relatarle aquel suceso tan humillante ni a Josh ni a nadie–. Además, no me interesa en absoluto; no es más que un amigo de Philip.

–Pues para ser alguien que no te interesa, gastas mucha saliva criticando a las mujeres con las que se acuesta –había observado Josh, y sus ojos azules habían brillado curiosos al verla sonrojarse–. ¿No me digas que ese tipo y tú...?

–¡No! ¡Por supuesto que no!

Josh se había reído suavemente y había levantado las manos diciendo:

–Bueno, bueno, es solo que pensé que a lo mejor era él.

–¿Qué quieres decir?

–Pues que creí que tal vez fuera él el responsable de que lleves una vida de monja.

–Perdona, pero yo tengo una vida social muy intensa y...

–Y nada de sexo –la había cortado Josh–. Y no intentes negarlo, cariño, las paredes de este piso son tan estrechas que ni tú ni yo podríamos ocultarle al otro una noche de pasión.

Sabiendo que, si trataba de justificarse, Josh no haría sino picarla aún más, Megan había guardado un silencio muy digno. Apartando aquella conversación de su mente, miró a Emilio y tratando de mantener la calma, le preguntó:

–¿Le pasa algo al ascensor?

Claro que resultaba bastante difícil mantener la calma cuando a la vez estaba intentando no aspirar el olor de su colonia, y estaba empezando a sentirse mareada de contener la respiración.

–¿Te encuentras bien?

La expresión burlona se había borrado del rostro de Emilio cuando dio un paso con el ceño fruncido hacia Megan, que se había puesto pálida de repente.

Megan dio un paso hacia atrás y sus hombros chocaron con la pared del ascensor.

Su reacción hizo que Emilio enarcara las cejas y levantara las manos mostrándole las palmas.

–Eh... tranquila. ¿Qué pensabas que te iba a hacer? –inquirió.

¿Que se relajase? Si no fuera porque llevaba un rato intentándolo sin éxito, sería un buen consejo; sobre todo porque no quería parecer una paranoica.

Azorada, se apartó de la pared.

–Es que me has asustado –se defendió quejosa.

–No hace falta que lo jures. He visto a conejos menos asustadizos que tú –murmuró él, observándola con los ojos entornados–. Cualquiera diría que me tienes miedo.

Su voz ronca la hizo estremecerse, como si un dedo invisible se deslizara por su espina dorsal. En su imaginación la mano a la que pertenecía ese dedo era una mano fuerte, masculina, una mano... «¡Megan, ya basta!». Avergonzada y exasperada, rehuyó su mirada y apretó los dientes.

–¿Miedo? –repitió alzando la barbilla y riéndose ante semejante idea–. Estoy segura de que serías capaz de hacer llorar a un hombre hecho y derecho, pero no a mí.

No era cierto. La había hecho llorar; una vez. Sin embargo, no iba a dejarse arrastrar por el recuerdo del que había sido uno de los momentos más desagradables de su vida, así que esbozó una sonrisa, y añadió:

–O al menos hoy no.

Y nunca volvería a pasar. No dejaría que volviera a hablarle como le había hablado aquel día.

Emilio bajó la vista a los labios de Megan y sintió que el deseo volvía a apoderarse de él. Siempre se había enorgullecido de ser capaz de mantener su libido bajo control. En todos esos años solo una mujer había logrado minar sus defensas, y era la mujer que estaba allí, frente a él, deseándolo tanto como él la deseaba a ella. Por eso, cuando Megan alzó sus increíbles ojos dorados hacia él, no pudo evitar preguntarse por qué debía privarse de aceptar la invitación tácita que brillaba en ellos.

Nunca había sentido una tensión sexual tan potente como la que había entre ellos. Megan tenía que sentirlo también, estaba seguro. ¿O tal vez solo estaba proyectando sus fantasías en ella? No, estaba seguro de que ella también lo deseaba.

La pregunta era más bien por qué, si ella también lo deseaba, estaba fingiendo no solo lo contrario, sino también tratando de hacerle creer que lo detestaba. ¿Acaso creía que la atracción que había entre ellos desaparecería si hacía como que no existía? ¿Y por qué querría que desapareciese?

Estaba comportándose igual que una virgen tímida, y era evidente que no lo era. Una chica tan guapa como ella sin duda habría tenido mucho éxito entre sus compañeros de universidad. De hecho, no sabía por qué lo había sorprendido que un día que se había presentado en su piso le hubiese abierto la puerta un tipo medio desnudo con una sonrisa de cine, que según le había dicho luego era médico.

Y sin embargo, se había sorprendido. Había sido como si le cayese encima una bomba, como si le hubiesen pegado un puñetazo, solo que nada ni nadie lo había golpeado; él solo se había humillado a sí mismo.

Hasta un niño lo habría previsto, pero él no. Se había

pasado todo un año anticipando ese momento, pero no se le había ocurrido que pudiera estar con alguien. Y el tipo aquel, por cómo se había comportado, era evidente que se sentía allí como en su casa. Lo había invitado a pasar, diciéndole que Megan estaba en la ducha, pero él había declinado el ofrecimiento.

Megan, que se notaba mareada, se llevó una mano a la cabeza, preguntándose si aquello solo sería un caso de hormonas descontroladas. Quizá Emilio tenía razón: quizá estaba teniendo una bajada de azúcar. Siempre sería mejor que tener que admitir que era incapaz de resistirse a la fuerte atracción sexual que Emilio ejercía sobre ella.

—No... no se abren —balbució señalando las puertas cerradas.

Emilio maldijo entre dientes y le dio un golpe seco con el canto de la mano al panel de los botones. Las puertas se abrieron de inmediato.

—¿Por qué diablos no me has dicho que tienes claustrofobia? Este condenado botón siempre se atasca —masculló asiéndola por el hombro para sacarla al pasillo.

Aquella era la excusa perfecta para explicar su comportamiento, pero estaba demasiado aturdida como para darse cuenta y la desaprovechó.

—No tengo claustrofobia.

—¿Y qué te ocurre sino? —inquirió él, con una mezcla de escepticismo e irritación.

—Yo... No es nada, a lo mejor estoy un poco estresada por no haber podido tomar el vuelo que se suponía que iba a tomar, y la llamada de mi padre...

Emilio estaba mirándola como si no estuviera muy convencido.

—A mí no me pareció que estuvieras estresada; parecías... –se quedó callado, buscando la palabra adecuada, y a Megan le dio un vuelco el corazón cuando bajó la mirada a sus labios.

Incómoda, no solo porque se hubiera quedado mirando su boca, sino también porque no parecía dispuesto a dejar correr el asunto, se apresuró a decir:

–¡Está bien, de acuerdo, tal vez tengas razón! –se llevó una mano al estómago–. Supongo que sí me hace falta comer algo; la verdad es que no he desayunado.

Por un instante, creyó que Emilio iba a seguir presionándola, pero, para su alivio, sonrió con petulancia. Bueno, mejor soportar su petulancia que dejar que acabara adivinando los pensamientos tan poco apropiados que había estado teniendo en el ascensor.

–Yo siempre tengo razón –dijo Emilio.

Capítulo 7

MEGAN siguió a Emilio dentro del apartamento, incapaz de desprenderse de la irracional convicción de que al cruzar aquel umbral estaba comprometiéndose a algo más que a desayunar con él. No era así, pero... ¿y si Emilio lo daba por hecho?

¿Y si tenía planeado algo más que un simple desayuno? Estaba segura de que se tomaba el sexo tan a la ligera como los besos.

–Si lo prefieres, podemos ir a una cafetería –le recordó Emilio–. Te he traído aquí porque me dijiste que no te sentías cómoda con tu aspecto y creí que no querrías traumatizar a un puñado de desconocidos con tu aspecto –añadió.

La verdad era que ese puñado de desconocidos sobraban en sus planes, porque donde quería llevar a Megan era a su cama.

–¿Traumatizarlos? –repitió ella con una risa seca–. ¿Qué pasa?, ¿tienes miedo de dejarte ver en público con una mujer que no se ha operado el pecho? ¿Temes que arruine tu reputación? –le espetó desdeñosa–. ¿Qué tiene de malo mi aspecto?

De inmediato se arrepintió de haber hecho esa pregunta, y se quedó allí de pie, muy rígida, con el corazón martilleándole contra las costillas y el estómago revuelto, mientras los ojos de Emilio descendían insolentes hasta sus pies, para luego desandar el camino sin la menor prisa.

Emilio, que apenas había podido refrenar su deseo al recorrer su figura con la vista, tragó saliva.

—Fuiste tú quien dijo que no estabas presentable —dijo relajando las manos al darse cuenta de que había apretado los puños.

Parecía que los dos años que habían pasado no habían disminuido en lo más mínimo la fuerza de la atracción que sentía hacia Megan.

—Sí, pero tú no tenías por qué darme la razón.

Emilio frunció el ceño.

—No pongas en mi boca palabras que no he dicho —protestó.

Los ojos de Megan bajaron a su boca en un acto reflejo, y el recuerdo de aquel beso en el aeropuerto volvió a asaltarla: los cálidos labios de Emilio moviéndose sobre los suyos, y el deseo que la había sacudido, haciéndola tambalearse literalmente.

Parpadeó con fuerza para desterrar aquel recuerdo, y se mordisqueó nerviosa el labio inferior, atrayendo hacia él sin querer la atención de Emilio.

—¿Quieres que te diga que eres preciosa?

Megan se sonrojó.

—Por supuesto que no.

—En cualquier caso, dudo que fuera el primero en decírtelo.

—Oh, claro, todos los días se paran los coches al verme pasar —murmuró ella con sorna—. Dime, ¿cómo es que te has venido a vivir a un apartamento? Creo recordar que tenías un palacete en el campo, o algo así. ¿O es que es aquí donde traes a tus...? —se quedó callada y sus mejillas se tiñeron de rubor.

Emilio enarcó una ceja.

—¿A mis qué?

—Nada —balbució ella azorada.

Emilio sonrió.

–Tranquila, no utilizo este apartamento como picadero. Lo que pasa es que la madera de mi casa tiene un problema de hongos y he tenido que desalojarla para que se ocupe de ello la agencia que he contratado. En fin, necesitaba un lugar donde dormir, y este sitio no está mal.

–Ya entiendo. Así que has tenido que abandonar tu palacio y venirte a este cuchitril –comentó ella con sorna.

Sí, bueno, ¡menudo cuchitril!, pensó mirando en derredor: un espacio amplio y despejado, tipo loft, lienzos de arte abstracto decorando las paredes blancas, sofás de cuero, techos altos...

–¿Te gusta?

–No está mal. Yo diría que es el sueño de cualquier chico, ¿no?

Una sonrisa acudió a los labios de Emilio.

–Hacía mucho que no me llamaban «chico».

A Megan no le sorprendía. Ya no quedaba en él nada del muchacho que había sido: era todo músculo, todo hombre, como si estuviese hecho de granito, solo que no era así; era de carne y hueso, y su cuerpo era cálido y...

Un gemido ahogado apenas audible escapó de sus labios cuando el estómago se le encogió de deseo, y tuvo que apartar la mirada para ocultarlo, porque estaba segura de que lo tenía escrito en la cara.

Emilio era como un anuncio andante de masculinidad y de sexo en estado puro. ¿Pero a cuento de qué estaba pensando en el sexo?, se reprendió, y de pronto la invadió el pánico de nuevo.

–No sé qué hago aquí –murmuró, alzando la cabeza cuando la pesada mano de Emilio se posó en su hombro.

–Sí que lo sabes, Megan.

Atrapada por su hipnotizadora mirada, Megan tragó

saliva, y sintió que le ardían las mejillas cuando respondió con un hilo de voz:

—Me has invitado a desayunar.

El silencio que siguió a sus palabras tensó sus nervios al límite.

—Es verdad.

Aliviada de que Emilio no sugiriera que sus razones para haber ido allí eran otras menos inocentes, dejó que la condujera hasta un sillón.

—Relájate.

Ojalá dejara de decirle eso. ¿Cómo esperaba que se relajase si no hacía más que decirle eso?

Emilio se aflojó el nudo de la corbata y se quitó la chaqueta antes de arrojarla sobre uno de los sofás. Megan observó a hurtadillas cómo sus movimientos tensaban las costuras de la camisa blanca que llevaba debajo, y se le contrajo el estómago solo de pensar en todo el poder contenido que le sugería aquella imagen.

De pronto se encontró fantaseando con que se quitaba también la camisa, revelando un torso bronceado. Ella ponía sobre él sus manos y... Todo aquello estaba solo en su mente, pero el cosquilleo que sentía en las yemas de los dedos era real, igual que la ola de calor húmedo que notó entre las piernas.

Irritada consigo misma por dejarse llevar de esa manera, inspiró profundamente y trató de frenar sus fantasías.

—¿Y bien?, ¿cuál es tu veredicto?

Azorada por que la hubiera pillado fantaseando, Megan sacudió la cabeza y repitió vacilante:

—¿Mi veredicto?

—Sobre el apartamento.

Megan apenas pudo disimular su alivio.

—¡Oh! No está mal. Si te va la decoración minimalista, claro está.

Emilio no se había esperado tan poco entusiasmo.

–¿Hay alguna cosa que te impresione? –inquirió sarcástico, enarcando una ceja–. No sé, ¿que un hombre sepa cocinar?

Megan parpadeó, mirándolo con los ojos muy abiertos.

–¿Sabes cocinar?

El verla tan sorprendida hizo reír a Emilio, que se remangó, dejando al descubierto unos antebrazos poderosos cubiertos de vello.

–Dejaré que juzgues por ti misma.

Se manejaba bien en la cocina, pensó Megan minutos después, mientras lo observaba trabajar sentada a la mesa. ¿Sería igual de habilidoso en la cama? Azorada y sorprendida de que sus pensamientos hubiesen tomado de nuevo el mismo rumbo, bajó la vista, preguntándose qué le estaba pasando.

–No hacía falta que te molestaras –le dijo–. Con un café y un bollo habría bastado.

–Ya sé que no tengo por qué hacerlo, pero quiero hacerlo. Además, ¿un café y un bollo? –Emilio resopló–. Espero que no sea eso lo que desayunas normalmente.

–Siempre voy justa de tiempo.

–El desayuno es la comida más importante del día. Deberías sacar tiempo para hacer un desayuno como Dios manda.

–Solía ir a desayunar a una cafetería cerca de donde vivo, donde preparan las mejores tortitas que hayas probado, pero no voy mucho desde que Josh... –Megan exhaló un suspiro.

Su vida se había vuelto aburrida desde que su compañero de piso y mejor amigo había decidido marcharse una temporada a colaborar activamente con una ONG a un país del Tercer Mundo. Era digno de admiración, pero lo echaba de menos.

Una media hora después habían terminado de desayunar, y Megan, tras limpiarse los labios con la servilleta, tuvo que admitir:

–Sí que sabes cocinar; estaba todo delicioso.

–Bah, no es para tanto –replicó él encogiéndose de hombros–. Espera a probar mis espaguetis *al fungi porcini*. Y también hago unas almejas en salsa por las que me han felicitado varias veces.

La sonrisa que había asomado a los labios de Megan se desvaneció.

–Apuesto a que sí.

El comentario de Emilio la había devuelto a la realidad. Había estado a punto de sentirse especial porque había cocinado para ella, pero era evidente que lo había hecho también para muchas otras mujeres. Quizá fuese parte de la rutina que empleaba para seducirlas. Aunque dudaba que ninguna mujer se hiciese de rogar cuando intentaba llevárselas a la cama.

Emilio la miró con el ceño fruncido.

–¿Ocurre algo?

Megan sacudió la cabeza y rehuyó su mirada.

–No, nada.

–No me mientas, Megan. Ni te mientas a ti misma.

–¿Qué quieres decir? –inquirió ella irguiéndose tensa en el asiento–. No te estoy mintiendo. Te doy de nuevo las gracias por el desayuno, Emilio, pero tengo que...

–A mí me parece que tienes un problema –la interrumpió él–. O cuando menos que vas camino de acabar teniendo un problema con tus hábitos alimentarios. ¿Te sientes culpable por lo que has comido?

Megan parpadeó. Después de todo, parecía que no era tan perspicaz como pensaba. «No, me siento culpable porque no puedo mirarte sin empezar a imaginarte desnudo».

–Por supuesto que no. No tengo un trastorno alimentario si es lo que estás sugiriendo.

–Bueno, tal vez aún no –concedió él–, pero con estas cosas hay que tener mucho cuidado.

–Bobadas. Solo porque no le dé demasiada importancia a la comida no significa que...

–Ahí es donde no estás siendo sincera contigo –volvió a interrumpirla él, apoyando los codos en la mesa e inclinándose hacia delante–. Puede que haya personas que no disfruten comiendo, pero tú no eres una de ellas. Comer es un placer sensorial, y tú disfrutas comiendo porque eres una persona sensual. ¿Por qué privarte de ese placer solo para ajustarte a una imagen estereotipada? ¿Por qué luchar contra la naturaleza? Cuando se trata de comida, no tienes que preguntarte si es la hora de comer, sino si tienes hambre.

Megan lo miró exasperada.

–Por supuesto que tengo hambre. ¡Siempre tengo hambre!

¿Es que no se daba cuenta de que si se dejaba llevar por la naturaleza acabaría teniendo cinco kilos de más?

–Además, si cada vez que tengo hambre comiese lo que me apetece...

Emilio, consciente de que había tocado una fibra sensible, se levantó y, después de darle la vuelta a su silla y acercarla a la de Megan, se sentó a horcajadas sobre ella.

–¿Estarías de mejor humor?

–Muy gracioso.

Era el típico comentario de una persona que nunca había tenido que preocuparse por su peso, pensó Megan mirando su cuerpo con envidia. O tenía una disciplina férrea, o un metabolismo de una eficiencia envidiable.

Hasta vestido como estaba saltaba a la vista que no tenía ni un gramo de grasa. Era todo músculo. Las mariposas escogieron ese momento para hacer una reaparición en su estómago, y se apresuró a apartar la vista.

–¿Crees que tengo la talla de ropa que tengo por casualidad? –le dijo a Emilio.

–Lo que he pensado al verte es que estabas enferma –le confesó él.

Megan se quedó mirándolo boquiabierta de indignación e incredulidad antes de ponerse de pie.

–¿Que parezco enferma?

Siempre la halagaba a una que un hombre le dijese que tenía un aspecto horrible, pensó con sarcasmo. Y más aún el hombre del que se había encaprichado siendo solo una adolescente.

Emilio sonrió divertido.

–No sé, es que te veo un poco... desmejorada –dijo bajando la vista a sus labios–. Como una rosa marchita.

–¿Como una rosa? –repitió ella vacilante, tratando de luchar contra el cosquilleo de placer que la recorrió.

Emilio asintió.

–Una rosa que necesita que la rieguen o, en tu caso, necesitada de un buen desayuno.

–Estás obsesionado con la comida –le espetó Megan.

Claro que eso siempre sería mejor que la obsesión que parecía tener ella con él. Y aquello no le había pasado hasta ese momento. Era como si aquel beso del aeropuerto hubiese accionado un interruptor en su interior.

–No, eres tú la que está obsesionada –replicó él, observando los mechones que habían escapado de su coleta.

–No es verdad, no lo estoy –insistió Megan obstinadamente. «Solo contigo».

Sus mejillas se tiñeron de rubor. ¿Qué le estaba pasando? Nunca antes había tenido esa clase de pensamientos. ¿Y por qué no podía controlarlos?

–Las personas solo se obsesionan con aquello de lo que se privan –respondió él.

Megan alzó la barbilla desafiante.

–¿Qué se supone que quiere decir eso? ¡Yo no me privo de nada!

Emilio levantó las manos, como rindiéndose, con una sonrisa sarcástica.

–Ah, pues me alegro por ti. Aunque por cómo te has puesto... ya sabes lo que dicen: «quien se pica... ajos come».

Megan se encogió de hombros, negándose a responder a sus provocaciones.

–Lo que pasa es que me gusta cuidar la línea; eso es todo. Tener un poco de autocontrol no es un crimen.

Autocontrol... Los ojos oscuros de Emilio descendieron a sus labios, recordando el cacao con sabor a fresa que había notado al besarla en el aeropuerto. Aun sin cacao sus labios mostraban un tono rosa natural, y eran tan tentadores que le costó refrenar el deseo que lo sacudió.

Alzó la vista y sus ojos se encontraron con los de ella.

–El autocontrol es importante, por supuesto.

Megan no podía apartar la vista.

–Yo... –murmuró, pero se quedó sin voz, y aunque sus labios siguieron moviéndose, no salía de ellos sonido alguno.

La tensión sexual que habría entre ellos se había convertido casi en una presencia visible, que vibraba entre ellos. Era como si ese algo absorbiese todo el oxígeno, haciendo que le costase respirar.

–Pero a veces es bueno renunciar al control y dejarse llevar –añadió Emilio–. Por ejemplo, ese precioso pelo que tienes... ¿Nunca lo llevas suelto?

–Sí, pero solo cuando estoy con personas en las que confío.

–Así que piensas que, si te lo soltaras estando conmigo, me aprovecharía de ti –murmuró Emilio.

El brillo de depredador de sus ojos oscuros hizo que un escalofrío le recorriese la espalda a Megan.

—La verdad es que no tengo interés en averiguarlo.

Su fingida indiferencia no pareció ofender a Emilio, que se rio suavemente.

—No sabes mentir.

Megan iba a replicar cuando de pronto Emilio se puso de pie y alargó una mano hacia su rostro.

—¿Qué es eso que tienes en el labio?

Megan retrocedió sobresaltada, como si su mano fuese una serpiente, con el corazón latiéndole enloquecido.

Emilio enarcó una ceja, y Megan, sintiéndose como una tonta, rehuyó su mirada.

—¿Qué es qué? —inquirió llevándose la mano a la boca. Cuando apartó los dedos, vio que estaban manchados de rojo—. Oh, no es nada —murmuró antes de meter la mano en el bolsillo para sacar un pañuelo.

Emilio frunció el ceño.

—Pues parece sangre.

Megan puso los ojos en blanco.

—¿Por qué sois tan dramáticos los españoles? —le dijo chasqueando la lengua—. No es más que una pizca microscópica de sangre. Me habré mordido sin querer —añadió, deseando que algo distrajera su atención para que apartara la vista de su boca.

—Deberías tener más cuidado. Debes de haberte mordido con bastante fuerza para hacerte sangre —murmuró él, tomando el pañuelo de su mano.

Los dedos de ambos se rozaron, y Megan contuvo el aliento mientras Emilio le limpiaba el labio con un cuidado exquisito, como si fuera de porcelana.

—Es verdad, no soy cuidadosa —murmuró—. Pero tú eres un buen cocinero.

—¿Quieres comer algo más? —Emilio bajó la mano y le devolvió el pañuelo.

Megan sacudió la cabeza.

–Si comiera todo lo que mi cuerpo me dice que coma, pesaría cinco kilos más –le dijo–. Y buena parte de esos cinco kilos se me iría al pecho y a las caderas.

–¿Y eso sería un problema?

Megan explotó igual que un volcán cuando le oyó preguntar eso, apretando los puños con tanta fuerza que se le pusieron blancos los nudillos; estaba tan furiosa que no podía respirar.

–¡Sí, lo es cuando los hombres creen que una mujer con mucho pecho es una mujer fácil que se lía con el primero que se le pone por delante! –le gritó.

No había olvidado la expresión de desdén del rostro de Emilio cuando se había vuelto hacia él llorosa, dándole las gracias por haberla salvado.

Capítulo 8

HABÍAN pasado dos años, pero Megan aún recordaba demasiado vívidamente cada pequeño detalle de aquel día, que el tiempo no había logrado borrar. De hecho, era como si el paso del tiempo hubiese hecho aún más intensa la humillación.

Era irónico. Si Emilio no hubiese llegado cuando había llegado, si en vez de que la hubiera tenido que salvar, se hubiera zafado de aquel tipo con los movimientos de defensa personal que le había enseñado su hermano, aquel incidente se habría diluido, reduciéndose a un vago recuerdo. Quizá incluso sería capaz de reírse al pensar en ello.

Pero aquel recuerdo no se había desvanecido, sino que su mente lo había magnificado. Todavía conseguía hacer que se le revolviera el estómago.

Emilio había pasado junto al coche aparcado, y al ver que era ella quien estaba dentro, con aquel tipo abalanzándose sobre ella, rodeó el coche y abrió la puerta del conductor con tal fuerza que de puro milagro no la arrancó de los goznes.

Luego el alivio inicial de Megan se había transformado en contrariedad al ver la expresión del rostro de Emilio. Megan siempre había considerado al guapo amigo español de su hermano sofisticado y encantador. Sus atractivas facciones se habían puesto tensas, y sus ojos llameantes le habían parecido los de un extraño.

Cuando el beodo profesor había protestado por la

brusca interrupción, arrastrando las palabras, Emilio le había contestado con una ristra de improperios en español antes de agarrarlo por las solapas y sacarlo del coche para arrastrarlo hacia una arboleda.

Megan no había llegado a enterarse de qué había pasado en esos cinco minutos en los que Emilio se había alejado con el profesor, pero cuando había vuelto a cruzarse con el tipo en la universidad, este casi había salido corriendo en la dirección opuesta, como un conejo asustado.

Cuando Emilio había regresado, ella ya se había bajado del coche, y se había sentido aliviada al ver que aquella furia explosiva que se había apoderado de él unos momentos antes se había desvanecido.

Había hecho acopio de valor, lo había mirado vacilante, y le había dado las gracias por salvarla, a pesar de que habría deseado que hubiese sido cualquiera menos él quien la hubiese rescatado de aquella humillante situación.

–¿Querías que te salvara? –le había preguntado él.

Megan se había quedado desconcertada al oír aquello, pero luego lo había comprendido al mirarlo a la cara.

El desprecio escrito en sus facciones la había hecho contraer el rostro dolida. Aquello la había destrozado. Bastante malo era que el hombre del que había estado enamorada desde niña hubiese presenciado la sórdida escena, pero que encima pensara que ella hubiese podido querer aquello...

–No –balbució, apresurándose a intentar aclarar el malentendido–. Quiero decir sí... Yo no... ¿no creerás que yo quería nada con ese tipo?

–Has sido una tonta.

Megan, que no podía negar aquello, se había limitado a sacudir la cabeza, y había intentado contener las lágrimas. ¿Acaso pensaba que no lo sabía? ¿Le parecía que había necesidad de hurgar en la herida?

Mientras rogaba para sus adentros que se abriese el suelo bajo sus pies y la tragara la tierra, aguantó como pudo el desdén con que Emilio la miró de arriba abajo.

–Dices que no querías nada con él, pero tu aspecto sugiere lo contrario. Ese top no deja demasiado a la imaginación. Y en cuanto a tus vaqueros... ¿Cómo esperabas que reaccionara?

Luego Emilio se había pasado una mano por el cabello al tiempo que soltaba otra ristra de improperios en español.

–Y en cuanto a subirte a un coche con un chico que ha estado bebiendo...

–No es un chico; es un profesor de mi facultad.

–¿Y la universidad ve bien que los profesores salgan con sus alumnas?

–No era una cita. Él solo estaba...

–He visto perfectamente lo que estaba haciendo, ¡y si vas a ir por ahí liándote con cualquiera en un coche, harías bien en recordar que cuando un hombre está ebrio no se preocupa demasiado por usar un preservativo!

Sus palabras habían dejado a Megan helada.

–Él no...

–¿Vas a decirme que no había bebido?

–No, yo... –Megan había sacudido la cabeza, incapaz de creer que aquel hombre frío y cruel pudiese ser la misma persona que hasta entonces siempre había tenido una palabra amable para ella.

Su silencio pareció enfurecerlo aún más.

–¿Has estado bebiendo tú también? –le había preguntado, escrutando suspicaz su rostro con los ojos entornados.

Megan ya no había podido aguantar más. Se había puesto las manos en las caderas, había alzado la barbilla, desafiante, y le había espetado:

–¿Y qué si lo hubiese hecho? Puedo beber si quiero, ¿sabes? Tengo más de dieciocho años.

–No se trata de que puedas o no; se trata de tener respeto por ti misma.

Megan, que no estaba dispuesta a quedarse cruzada de brazos, soportando que la condenase tan injustamente, ahogó un sollozo y le gritó:

–¡No he ido a una orgía! ¡Era una fiesta de la universidad! He ido con mis amigos y... ¡Además no es asunto tuyo! Tú no eres mi padre.

Por inexplicable que pareciese, Emilio se tomó su respuesta como un reconocimiento tácito de su culpabilidad.

–¡Así que has bebido!

–Me tomé una copa de vino –había replicado ella–. Iba a tomar un taxi, pero él se ofreció...

–¿Y cómo esperabas que reaccionase cuando vas vestida de esa manera? Es como una invitación; vistiéndote así das a entender que eres una... que eres una...

Emilio no había acabado la frase en inglés, sino en español, y aunque Megan no lo hablaba, no le había hecho falta para entender lo que estaba llamándola.

–Le dije que no quería nada con él.

–Pues es evidente que no fuiste lo bastante contundente. Me ha dicho que...

–¿Qué, qué te ha dicho?

–Que lo estabas pidiendo a gritos.

Con el rostro lívido, Megan apartó aquellos recuerdos de su mente y volvió al presente.

–Prefiero parecer una tabla de planchar y que ningún hombre se fije en mí antes que se piensen que soy de las que «lo están pidiendo a gritos» –le espetó a Emilio.

El rostro de él cambió de expresión, y cuando Megan vio en sus ojos que sabía de qué estaba hablando, deseó no haber pronunciado aquellas palabras.

Durante esos dos años se había jurado y perjurado que, si volvía a encontrarse con Emilio y surgía el tema, haría como si apenas lo recordase ya. Lo último que quería era que se diese cuenta del trauma que le había causado aquel incidente.

–Estás hablando de la noche en la que ese perdedor intentó aprovecharse de ti en su coche... –murmuró él.

Su forma de expresarlo hizo que Megan soltase una risa seca.

–¿Te refieres a esa pobre e inocente víctima a la que seduje? –respondió con sorna.

«Estupendo, Megan, casi no se te ha notado lo resentida que estás», pensó irritada, mordiéndose el labio inferior.

Emilio apretó la mandíbula y exhaló un suspiro.

–Aquella noche estaba enfadado.

De hecho, había estado enfadado todo el fin de semana, desde el momento en el que ella había entrado en el comedor la noche anterior, oliendo a verano, y tan hermosa...

Megan soltó una risa seca.

–Nunca lo hubiera imaginado.

–La situación era...

Megan enarcó una ceja, interrogante, y él gruñó irritado.

–De acuerdo, lo sé, no manejé bien la situación.

Si aquello pretendía ser una disculpa, no era suficiente.

–El que fueras amigo de mi hermano no te daba derecho a juzgarme, ni a actuar como si fueras mi guardián moral.

–Yo no te juzgué; estaba intentando protegerte, Megan.

–Me hiciste sentirme sucia –murmuró ella apartando la vista.

Emilio abrió mucho los ojos.

–No era mi intención.

Tal vez no lo hubiese sido, pero eso no cambiaba nada.

–Es igual; ya hace mucho tiempo.

–No tanto, y es evidente que a ti no te da igual –dijo Emilio, sintiéndose tremendamente culpable.

–Mira, déjalo, de verdad. Como he dicho, ya hace mucho de eso.

–El modo en que me comporté no estuvo bien –dijo Emilio.

Nunca, en toda su vida, se había sentido tan fuera de control como aquel día. Había estado a punto de estrangular a aquel miserable con sus propias manos.

Hasta ese momento no se le había ocurrido pensar que había descargado su ira y su frustración en Megan, una frustración que había ido acumulándose a lo largo de todo el fin de semana. Cuando había vuelto y se había encontrado a Megan de pie junto al coche, con las mejillas húmedas por las lágrimas, el cabello revuelto, y los labios enrojecidos por los besos de otro hombre, había explotado.

–Megan, creo que tú...

Ella alzó una mano para interrumpirlo.

–No te molestes; ya sé lo que piensas de mí. Me lo dejaste muy claro aquel día, diciéndome poco menos que era una casquivana, y que era un peligro para el bienestar moral de todos los hombres en un radio de cien kilómetros.

–No seas ridícula. Yo no dije eso –replicó Emilio, pero cuando ella se quedó mirándolo fijamente, se encogió de hombros y admitió–: Está bien, sí, tal vez di esa impresión, pero fue porque...

–Porque te repugnaba mi aspecto, la ropa que llevaba. Pues deja que te diga que mi ropa no tenía nada de provocativa; era perfectamente normal.

–Por favor... esos vaqueros ajustados y ese top que llevabas... No hacía más que caérsete el tirante. ¡Si hasta recuerdo el color de tu sujetador porque te vi el tirante! Rosa... igual que el pintalabios que te habías puesto y que se te había corrido por la mejilla –Emilio tragó saliva–. Y te sangraba el labio.

Aquel detalle había sido lo que verdaderamente lo había hecho estallar.

Megan lo miró boquiabierta.

–Aún lo recuerdas... –murmuró. Ella ni siquiera se acordaba del color del pintalabios que se había puesto esa noche–. ¿Tienes memoria fotográfica o algo así?

–No, pero algunas cosas se le quedan a uno grabadas en la mente.

–Tampoco tenía un aspecto tan horrible, ¿no? –Megan se mordió el labio inferior, irritada consigo misma porque parecía como si necesitase su aprobación.

Emilio parpadeó.

–¿Horrible...? –repitió con incredulidad.

Sacudió la cabeza. El resto del mundo miraba a Megan y veía a una mujer preciosa, pero estaba empezando a preguntarse cómo se veía ella.

¿Tal vez ese novio suyo, Josh, había estado demasiado ocupado, admirándose a sí mismo en cada espejo que se encontraba, como para decirle lo guapa que era? Y su familia era aún peor. Cada vez que había ido de visita a casa de los Armstrong había visto a la pobre Megan esforzándose en vano, no ya por ganarse su aprobación, sino que se dieran cuenta siquiera de que existía, y aquello lo había indignado de tal modo que había tenido que recordarse que no debía meterse donde no lo llamaban.

Los Armstrong eran una gente egocéntrica, demasiado ocupados con sus propias vidas como para mostrar interés por nadie ni por nada más.

Emilio maldijo entre dientes y apretó la mandíbula mientras escrutaba en silencio el rostro de Megan. El que estuviese furioso con la gente que le había hecho daño, y en parte con ella por dejarse arrastrar por sus inseguridades, no estaba disminuyendo en lo más mínimo el deseo que se había apoderado de él, y que estaba abrasándolo.

Estaba seguro de que Megan sentía también la electricidad estática que parecía haber en el ambiente, esa atracción, y no comprendía por qué insistía en luchar contra ella. ¿Por qué no se relajaba y dejaba que las cosas siguieran su curso? Era como si no pudiese olvidar que había sido él quien la había rescatado de aquella desagradable situación que podía haber acabado mal.

¿Podría ser tal vez porque había visto lo vulnerable que era?, ¿porque eso interfería con la imagen que quería proyectar de que era una mujer fría, con todo bajo control?

Emilio se pasó una mano por el mentón y decidió que no serviría de nada intentar comprender su razonamiento porque aquello no tenía ningún sentido.

Capítulo 9

HABÍA bebido yo?
Aquella abrupta pregunta y la ira apenas contenida que notaba en Emilio hicieron parpadear a Megan.

–¿Qué?

Los ojos de él relampaguearon.

–¿Acaso estaba intentando yo forzarte? ¡Por Dios, no, claro que no!

–Emilio, no entiendo...

–¿En qué momento me convertí entonces en el malo de la película? –la cortó él exasperado.

–Yo...

–La cuestión es que tuviste suerte de que pasara por allí, pero eres demasiado obstinada como para admitirlo. Sigues siendo tan estúpida como entonces.

Megan alzó la barbilla y entornó los ojos.

–Y tú sigues siendo igual de arrogante y de prejuiciado.

Como si no la estuviera escuchando, Emilio resopló entre dientes, como irritado, y le dijo:

–Además, ¿no te das cuenta de lo aburrido que resulta ya este trauma tuyo de patito feo?

Fueron entonces los ojos de Megan los que relampaguearon.

–Oh, disculpa que te aburra tanto.

Seguro que si fuese una belleza plástica de pechos

operados y largas piernas no le habría importado que tuviese un cociente intelectual de una sola cifra.

–Si hubiera sabido que esperabas que te entretuviera, habría hecho un esfuerzo, como ponerme una nariz de payaso o algo así –dijo tocándose la punta de la nariz con un dedo.

Emilio soltó una carcajada. Megan bajó la mano, dejando al descubierto sus delicados rasgos clásicos, y los ojos de Emilio se vieron atraídos por sus carnosos labios como si fuesen un imán.

Tuvo que hacer un esfuerzo sobrehumano para no agarrarla por los hombros y besarla hasta dejarla sin aliento.

–¡No seas absurda!

–¿Tu concepto de «absurdo» es cualquiera que diga algo que no te gusta?

Seguro que era algo a lo que no estaba acostumbrado. El problema de Emilio Ríos era que nadie le llevaba nunca la contraria.

–Lo único que puedo decir es que te esfuerzas mucho por ser grosera conmigo, cariño, y me pregunto por qué –murmuró Emilio.

–Te aseguro que no me cuesta ningún esfuerzo, y te agradecería que no me llamaras así –le espetó ella.

Aunque en cierto modo tenía razón. ¿Dónde había quedado la diplomacia por la que era famosa? Irritar a Emilio era como entrar en la jaula de un tigre y lanzarle palos.

Sería de esperar que, de hacer eso, el tigre le saltase encima, así que... ¿por qué estaba haciendo aquello? De pronto, se encontró imaginándose a Emilio abalanzándose sobre ella en una cama. Era una fantasía tan real que casi podía sentir el peso y el calor de su cuerpo.

El esfuerzo que hizo para apartar esos pensamientos

de su mente arrancó un leve gruñido de su garganta, y Emilio frunció el ceño contrariado. Mejor evitar ese tipo de fantasías y aferrarse a la hostilidad que sentía hacia él, se dijo Megan.

—Mi trabajo implica ser agradable con hombres que necesitan que les digan varias veces al día lo maravillosos que son. Y ahora no estoy trabajando, así que no tengo que ser agradable contigo.

Emilio apretó los labios.

—Yo no soy tu padre —le espetó, indignado por la comparación implícita entre él y un hombre al que despreciaba.

Megan, consciente de que se había excedido, balbució:

—No me refería a mi padre; hablaba en general, de los hombres con poder.

—Y no necesito que inflen mi ego —continuó Emilio, ignorándola igual que antes—. No necesito que me acaricien la cabeza como a un perro.

«¿Y qué tal otras partes del cuerpo?». Sorprendida no solo por aquel desvergonzado pensamiento, sino también por las imágenes que lo acompañaron, Megan bajó la vista con las mejillas ardiendo.

—No era mi intención... —murmuró Emilio, pero se quedó callado al ver que Megan estaba mordiéndose el labio inferior, como nerviosa.

El silencio se prolongó hasta que Megan, que ya no aguantaba más, le preguntó:

—¿Que no era tu intención qué?

Emilio, que había dejado divagar su mente, imaginando que estaba besándola y que Megan abría la boca para dejar paso a su lengua, parpadeó y murmuró:

—No era mi intención... —se quedó callado de nuevo, y exhaló un suspiro. Era capaz de no bajar la guardia ni un minuto en una reunión de trabajo que se prolongase hasta la madrugada, y en cambio solo con mirar la boca de Megan sus neuronas sufrían un cortocircuito–. Lo que quiero decir es que me irrita esa actitud que tienes de desprecio hacia ti misma. Eres una mujer preciosa y, lo creas o no, aquella noche pretendía ayudarte, no juzgarte.

Megan resopló. ¿Preciosa? Se estremeció por dentro y lo miró recelosa, esperando que le soltara una pulla, mientras se decía que probablemente aquel cumplido había sido solo cosa de su imaginación.

–Ya, seguro.

–No fue por la ropa que llevabas puesta aquella noche –añadió Emilio–. Aunque es verdad que era bastante... –inspiró y apretó la mandíbula–. En fin, comprendo que para la edad que tenías entonces debía de ser embriagador descubrir el poder que podías ejercer sobre los hombres, pero...

Megan sacudió la cabeza, tan confundida por lo tenso que parecía, como por las peculiares palabras con que se estaba expresando.

–¿Embriagador?

–Durante tu adolescencia te sentías como si fueses invisible en tu propia casa, y supongo que puede que también en el colegio.

Megan finalmente vio por dónde iba. Genial. Lo que necesitaba en ese momento era que le dijeran que había sido una niña necesitada de cariño y que nunca había encontrado su sitio.

–Así que estás sugiriendo que en algún momento de mi vida me convertí en un ser patético con problemas de autoestima que trata a toda costa de llamar la atención.

No sabía qué era peor.

Emilio chasqueó la lengua, como si estuviera perdiendo la paciencia.

–No le des la vuelta a mis palabras. Lo que estoy diciendo es que no me extraña que, después de años de ser ignorada por los demás, se te subiera a la cabeza que los hombres de repente se fijaran en ti. Mucha gente que no ha tenido el cariño de sus padres confunde amor con sexo. El sexo es solo algo que proporciona un placer pasajero.

Se había puesto tan serio que Megan se preguntó si aquello no sería algo personal. ¿Era eso lo que pensaba de las mujeres con las que se había acostado desde su divorcio?, ¿que no podían sustituir a Rosanna? ¿Podía ser que Rosanna fuese la única mujer a la que había amado de verdad? Fuera como fuese, después de lo que había hecho en el aeropuerto, cuando menos estaba claro que no había superado el perderla.

–Es difícil recobrar el respeto hacia uno mismo cuando te lo has perdido por completo –añadió Emilio.

–¿Esa es tu forma educada de decirme que crees que soy una casquivana?

–No pongas en mi boca palabras que no he dicho –le dijo Emilio irritado.

–Pues es lo que me diste a entender: ¡y todo por la ropa que llevaba!

–Ah, ya entiendo, así que pretendes que crea que no tenías ni idea del efecto que puedes causar en los hombres vistiéndote de esa manera.

–¿El efecto que causo en los hombres? –repitió ella mirándolo con unos ojos como platos–. ¿Yo? Sí, por supuesto –dijo con cinismo, poniendo una pose provocativa, con la mano en la cadera y pestañeando–, es una verdadera carga ser tan irresistible... ¡Ay!, ¿qué haces? –gritó cuando los dedos de Emilio se cerraron en torno a su muñeca como un cepo de acero.

–Deberías acabar con esa mala costumbre que tienes de tirarte por tierra antes de que lo haga otra persona.

–Yo no... –comenzó a replicar ella, pero como sabía que era verdad, se quedó callada y bajó la vista–. Me estás haciendo daño –mintió.

La respiración de Emilio se había tornado entrecortada cuando la agarró de la otra muñeca y la atrajo hacia sí, haciéndola quedar pegada contra su cuerpo. El fuego que había en sus ojos oscuros hizo que a Megan se le disolvieran las entrañas.

–Pues no sabes lo que duele desear a una mujer hasta tal punto que no puedes pensar en otra cosa –gruñó.

Estaban tan cerca el uno del otro que Megan podía oír los latidos del corazón de Emilio. ¿O eran del suyo? Las manos de Emilio habían descendido hasta la parte baja de su espalda, dejando las suyas atrapadas entre el cuerpo de ambos. Sus musculosos muslos parecían troncos de árbol.

–Tu preocupación por el resto de la población masculina resulta conmovedora –le dijo a Emilio, disimulando con humor lo revueltas que estaban sus hormonas en ese momento–, pero no tienes que preocuparte; te prometo que me comportaré y no volveré a ponerme unos vaqueros ajustados ni un top de tirantes en lo que me queda de vida.

–No me preocupan el resto de los hombres –gruñó él–. Además –añadió apretando los dientes–, no quiero que te comportes.

–¿Ah, no? –inquirió ella en un susurro.

Los ojos de Emilio centellearon.

–Conmigo no –respondió en un tono acariciador que la hizo estremecerse como una hoja.

Emilio quería que fuese traviesa con él.

Se repitió aquellas palabras en su cabeza dos veces, pero seguía sin parecerle real que Emilio hubiera podido decir aquello. No estaba segura siquiera de saber lo que él esperaba de una chica traviesa. Bajó la vista a los sensuales labios de Emilio, y la oleada de deseo que la invadió hizo que de repente no la preocupase tanto su falta de experiencia.

Emilio era el único hombre por el que siempre había estado dispuesta a sacrificar sus principios, y a menudo se había dicho que tenía suerte de que él nunca hubiera mostrado ningún interés en ella.

Y de pronto estaba allí, con sus brazos rodeándola, y aunque no le había dicho explícitamente que quería acostarse con ella, era evidente que era lo que estaba tratando de darle a entender. A menos que todo aquello fuese producto de su calenturienta imaginación o lo estuviese malinterpretando por completo.

Lo miró de nuevo a los ojos. No, no era su imaginación; podía ver el deseo en ellos. Era tan real como el nuevo escalofrío que recorrió su cuerpo.

«Dios, ¿en qué estoy pensando?», se dijo, asustada de repente. «Espacio, necesito espacio..., no decirle: «¡hazme tuya!». No lo digas, Megan».

Se mordió la lengua para contener aquellas palabras desvergonzadas. Sin embargo, no logró apartarse de él, porque estaba aturdida, como si sus pies estuviesen clavados al suelo.

Una gota de sudor descendió por su espalda, y descubrió con horror que estaba inclinándose hacia él en vez de apartarse. Su cuerpo no estaba escuchando las órdenes de su cerebro.

Pero lo peor... lo peor era que aunque su cuerpo no obedecía, sus sentidos permanecían alerta. El estar tan cerca de él, el poder olerlo, el poder sentir su calor... era casi doloroso.

Se notaba como enfebrecida, y la intensidad del deseo que palpitaba dentro de ella la aterraba. Aquello escapaba por completo a la poca experiencia que tenía.

¿Se habría dado cuenta Emilio? Por supuesto que debía de haberse dado cuenta. Y el hecho de que estuviera temblando de deseo no haría sino reafirmarlo en su convicción de que era de esas que iban saltando de cama en cama.

Capítulo 10

QUERRÍAS que nos portáramos mal juntos? –le preguntó Emilio.

Esa vez la invitación no dejaba lugar a dudas.

Megan se sentía vulnerable y excitada al mismo tiempo.

–No es tan sencillo –murmuró.

Lo que haría una persona al borde de un precipicio sería retroceder, no saltar. ¿Por qué entonces parecía estar gritándole cada célula de su cuerpo que saltara?

–Sí que lo es.

No había el menor atisbo de inseguridad en la voz de Emilio. Claro que... ¿por qué habría de haberla? Para él era muy sencillo: se sentía atraído por ella, y estaba dispuesto a dejarse llevar por esa atracción. Para él no había ningún dilema moral, ninguna cuestión de confianza, ni un miedo atroz a que le rompieran el corazón.

–¿Te ha hecho daño alguien, Megan?

La pregunta de Emilio la hizo ponerse a la defensiva.

–No. En mi vida no hay grandes dramas ni nada de eso.

Su respuesta no pareció convencerlo del todo, pero lo dejó correr.

–Tu piel es tan suave... –murmuró bajando la vista a sus labios–. Y no sabes cuántas veces he soñado con tu boca –añadió inclinando la cabeza.

Megan dio un respingo, nerviosa.

–¡A-aún es de día! –balbució.

Emilio se echó a reír.

–¿Eres de las que prefieren hacerlo con las luces apagadas? –la provocó con una sonrisa lobuna que hizo que el corazón de Megan palpitara con fuerza.

No, era de las que antes de dormirse se quedaban despiertas un rato en compañía de un buen libro y una taza de chocolate caliente. Se sintió tentada de confesárselo, pero dudaba que la creyese.

–No digo que la oscuridad no tenga su encanto –continuó diciendo Emilio con ese mismo tono seductor, que hizo que un cosquilleo le recorriese la piel de la nuca y los brazos–; elimina los pudores y libera la imaginación.

Megan, cuya imaginación hacía rato que se había liberado de todas sus ataduras, y que no podía despegar sus ojos de los de él, comenzó a jadear ligeramente. Era como si sus pulmones no pudiesen aspirar suficiente aire.

–Pero yo encuentro el estímulo visual muy...

Megan se tapó los oídos con las manos, cerró los ojos y gritó:

–¡No estábamos hablando de tus preferencias sexuales!

Todo se quedó en silencio, y durante unos instantes, Megan permaneció allí de pie con los ojos cerrados, sabiendo que acababa de delatar su falta de experiencia.

–No, estábamos hablando de las tuyas.

Al oír aquella serena afirmación, Megan abrió los ojos para mirar a Emilio vacilante. Cuando vio la mezcla de ternura y deseo en su rostro, sintió que sus defensas se derrumbaban.

–Me gustaría saber qué es lo que te gusta.

A Megan no le hizo falta pensar mucho la respuesta, y le flaquearon las rodillas cuando cruzó sus labios antes de que pudiera evitarlo.

–¡Tú! –susurró.

El deseo hizo brillar los ojos de Emilio, de cuyos labios fluyó un río de palabras en español que no comprendió, aunque sí la pasión que se desprendía de ellas. Lo escuchó embelesada, mientras observaba con una mezcla de excitación y nervios la masculina sonrisa de satisfacción que curvó su sensual boca.

–No sé lo que acabas de decir, pero...

Emilio la interrumpió, y probablemente fue lo mejor, porque la verdad era que Megan no tenía la menor idea de lo que quería decir. ¿Qué más se podía decir cuando acababa de confesarle a un hombre que encarnaba todas sus fantasías sexuales?

–He dicho que voy a complacerte... en todos los sentidos –le respondió él con voz ronca.

El corazón de Megan palpitó con fuerza, y sintió de nuevo aquella ola de calor húmedo aflorar entre sus muslos.

No tenía la menor duda de que podía cumplir esa promesa, y estaba ansiosa por que lo hiciera. Era lo que siempre había querido.

«No, no se puede tener todo lo que se desea; solo una pequeña parte. ¿Podrás conformarte con eso?». Megan alzó la barbilla y silenció sus dudas. Iba a arriesgarse. La vida era demasiado corta, y si se le presentaba una ocasión así, sería estúpido por su parte no agarrarla fuertemente con ambas manos.

La alternativa era pasarse el resto de su vida preguntándose qué habría pasado si se hubiese decidido a correr ese riesgo. Deseaba a Emilio. Quería sentir el peso de su cuerpo encima del suyo; quería sentirlo dentro de ella.

Por primera vez se permitió mirarlo a los ojos sin intentar disimular lo que sentía. Fue algo a la vez liberador y aterrador.

–Te deseo tanto, Emilio... Apenas puedo mantenerme en pie.

Emilio aspiró bruscamente por la boca, y exhaló despacio mientras sus largos dedos acariciaban su sedoso cabello. Megan echó la cabeza hacia atrás, con los ojos nublados por el deseo, y Emilio le pasó una mano por detrás de la nuca.

–Eres tan hermosa... esa cara, ese cuerpo...

Megan vio el deseo descarnado escrito en su rostro, y saboreó por primera vez ese poder femenino del que él le había hablado. La verdad era que resultaba una sensación agradable, embriagadora, como él había dicho. Habría querido decirle que era la primera vez que sentía aquello, que él era el primer hombre que...

Megan abrió mucho los ojos. Dios, tenía que advertirle de que nunca había hecho aquello, antes de que la cosa fuera más lejos. Claro que, si lo hacía, corría el riesgo de que su confesión arruinara la magia del momento. No, si Emilio tenía algún problema con su falta de experiencia, era mejor que se lo dijese cuanto antes. Si esperaba para decírselo y Emilio decidía echar el freno en el último momento, se sentiría fatal.

–Sobre esa noche, cuando me encontraste con aquel tipo en el coche... –comenzó–. Sé lo que parecía...

–Esa noche estuve a un paso, solo a un paso –la interrumpió él, inclinando la cabeza hasta que su rostro quedó a solo unos centímetros del de ella.

A Megan le pesaban los párpados, y podía sentir el cálido aliento de Emilio en sus mejillas, en sus labios... De pronto se olvidó por completo de la confesión que tenía que hacerle.

–¿A un paso de qué? –balbució, luchando con la niebla que cubría su mente para articular esas palabras.

–A un paso de matar a ese bastardo.

No darle una paliza a aquella sabandija, que era lo que querría haber hecho, le había costado un horror, pero había sido un esfuerzo pequeño en comparación con la fuerza de voluntad que había necesitado aquella noche para no estrechar a Megan entre sus brazos y reconfortarla.

El verla allí de pie, junto al coche, con el rostro pálido y temblorosa, tan frágil, tan vulnerable, había hecho que surgiera su instinto protector, pero mientras Megan se esforzaba por no llorar, él había hecho un esfuerzo sobrehumano para mantener las distancias. Ni siquiera se había permitido tocarla.

No podría haberlo hecho porque sabía que si lo hubiera hecho no se habría limitado a tranquilizarla. Se había sentido tan tentado... sobre todo con la situación en la que se encontraba su matrimonio...

De pronto acudieron a su mente recuerdos del principio del fin de ese matrimonio.

—Lo comprendo —le había dicho Rosanna al ver que había sacado sus cosas del dormitorio que habían compartido.

—¿Y te alivia? —le había preguntado él con curiosidad.

Emilio se sentía responsable en buena medida por lo que había ocurrido. Se había casado como quien firma un contrato. Aquello había sido un tremendo error; un matrimonio nunca podía ser un mero contrato.

Su segundo error había sido no tener en cuenta el factor emocional, no haberse planteado que, a pesar de lo que ella le había dicho, Rosanna necesitaba más de lo que él le podía ofrecer.

Lo que había ocurrido no se habría podido evitar, pero la pregunta había incomodado a su esposa.

—Bueno, no es que no estuviera satisfecha con lo que teníamos. No es ese el motivo por el que me acosté con...

Emilio se había apiadado de ella y la había interrumpido diciendo:

—Está bien, no quiero que le des una puntuación a

nuestra relación en una escala del uno al diez, Rosanna, ni tampoco saber su nombre.

–Lo sé. Si me quisieras, sí querrías saberlo.

–Yo no...

–Lo sé –había reiterado ella, cortándolo rápidamente–. Él tampoco me quería, pero me dijo que sí, y era algo que necesitaba oír aunque no fuese verdad –había admitido con tristeza–. No pongas esa cara, Emilio. No te sientas mal por mí. Entiendo que no quieras seguir compartiendo la cama conmigo después de haberte confesado esto, y si tú también necesitas... lo entenderé y no haré ningún drama.

–¿Me estás dando permiso para buscar otras compañeras de cama?

–Me parece una solución razonable.

Los adjetivos que Emilio le habría dado a aquella solución, sin embargo, habían sido «fría» e «insensible». No habría sido capaz de hacerle algo así a Rosanna.

–¿Más razonable que el divorcio?

Ella lo había mirado, pálida como el papel.

–Pero tú dijiste que podíamos lograr que esto funcionara...

–Rosanna, sé que el divorcio no es algo agradable, pero es evidente que funcionamos mejor como amigos que como pareja, y la verdad es que la vida de casado no está hecha para mí.

–¿Has conocido a alguien? –le había preguntado ella vacilante–. ¿A alguien especial?

Aquello le había hecho sonreír.

–No he conocido a nadie con quien quiera acostarme, y aunque así fuera, no tengo el menor deseo de meterme en otro matrimonio –le había asegurado. Él mismo se lo había creído.

La cosa se había quedado ahí. Sin embargo, habían pasado seis meses, y Emilio seguía sin hacer uso del ofrecimiento que Rosanna le había hecho de serle infiel sin necesidad de sentirse culpable por ello, y aquello le había dado que pensar. Seis meses era mucho tiempo, y él era un hombre con los impulsos sexuales de un hombre sano. Canalizar sus energías hacia el trabajo, aunque hasta el momento le hubiera funcionado, no podía ser una solución a largo plazo para su problema.

Tal vez el que hasta ese momento no hubiera querido reconocer que era un problema tenía que ver con el hecho de que seguía considerando que no estaba bien acostarse con otras personas cuando se estaba casado, aunque su esposa le hubiese dado «permiso».

Sin embargo, si se había contenido aquella noche, algún tiempo después de esa conversación, cuando lo había sacudido el deseo de hacer suya a Megan, no había sido porque no quisiera serle infiel a Rosanna.

Si se había contenido había sido porque había sabido que, de haberse dejado llevar por sus impulsos, haberse aprovechado de ella en un momento como aquel, no habría sido mucho mejor que aquel tipo de cuyas garras la había salvado.

La sola idea lo había repugnado, y por primera vez en su vida había querido algo más que sexo. No quería un romance que tuviese que ocultar, y no quería que su relación se viese manchada por los errores que había cometido en el pasado. Había decidido que tenía que ser paciente.

Iba a hacer suya a Megan. Iba a hacer que olvidara a todos los hombres que había conocido. Ese deseo de reclamarla como suya no había disminuido con el paso del tiempo, sino que se había intensificado. Sí, Megan iba a ser suya.

Deslizó un dedo por su suave mejilla, sonriendo

cuando la notó estremecerse, y aspiró la fragancia de su cabello, un olor a manzanas que dejó que inundara sus sentidos.

–No puedo decir que me cayese precisamente simpático.

Megan, que había vuelto a perderse en la densa niebla del deseo, respondió con un vago:

–¿Quién?

La cálida caricia del aliento de Emilio en el lóbulo de su oreja había hecho que un cosquilleo delicioso la recorriese de arriba abajo.

Emilio inclinó un poco más su rostro hacia ella, hasta que su nariz casi rozaba la suya.

–El payaso del que estabas intentando zafarte aquella noche en el coche.

–Sí, eso es lo que estaba haciendo, intentar apartarlo –murmuró ella, pensando para sus adentros: «Bésame, por favor, bésame».

Cada segundo que pasaba sin que la besara era una auténtica tortura.

–Lo sé –Emilio levantó la cabeza y la tomó de la barbilla, escrutando sus ojos en silencio–. Debería haberlo matado –murmuró–. Estaba deseando hacerlo, aunque no tanto como esto...

Y entonces, sin previo aviso, sus grandes manos la asieron por las nalgas y la levantó hacia sí, pegándola contra su cuerpo.

Megan abrió mucho los ojos, y se le cortó el aliento al sentir la dura erección de Emilio apretada contra su vientre.

–¡Oh, Dios! –gimió, al tiempo que una explosión de calor líquido se producía dentro de ella–. Aquella noche tú querías... Pero estabas casado...

Emilio esbozó una sonrisa amarga.

–¿Crees que un trozo de papel puede impedir que un

hombre desee a otra mujer? Tú mejor que nadie deberías saber que no es así.

Megan dio un respingo.

—Quieres decir que si así fuera, yo no habría nacido —musitó.

Tal vez algunos hombres no deberían casarse nunca; sobre todo los hombres con un apetito sexual tan grande, como Emilio.

Emilio la besó por fin, de un modo brusco y posesivo, llevándose el aire que había en sus pulmones y asaltando las profundidades de su boca con la lengua. Megan deslizó los brazos en torno a su cintura, y respondió a su beso frenética, igualando su deseo.

Cuando Emilio despegó sus labios de los de ella, hicieron falta unos segundos para que se le despejase la cabeza, para que recobrara siquiera un ápice de cordura.

—Vas a volver a hacerlo, ¿verdad? —le preguntó sin aliento. Un ápice de cordura no bastaba para frenar su libido.

Emilio sonrió, mientras sus increíbles ojos castaños recorrían su rostro y sus dedos le acariciaban la garganta.

—Eso depende de ti.

Su respuesta no podría haber sido más frustrante.

—¿Tendré que suplicarte?

No le extrañaba que fuera por ahí con esa suprema confianza en sí mismo. Seguro que más de una mujer le había suplicado.

Bien sabía Dios que no quería convertirse en otra muesca en su revólver, pero si tenía que suplicar, lo haría. En lo que respectaba a Emilio era como si no tuviese orgullo alguno.

—Tendrás que decirme que me deseas tanto como yo te deseo a ti.

Megan apartó la vista, y murmuró con labios temblorosos:

–¿Por qué?, ¿porque no lo sabes?

Su tono amargo hizo a Emilio fruncir el ceño.

–No, porque necesito oírtelo decir.

Megan no podía soportarlo más. Cada célula de su cuerpo ansiaba sus caricias y sus besos.

–Te deseo, Emilio...

Él bajó la cabeza y le mordió suavemente el labio inferior antes de deslizar la lengua por la cara interna de este.

–Y yo a ti... Claro que si prefieres que te enseñe Madrid... –la pinchó. El gemido de protesta de Megan le hizo sonreír–. En fin, mi dormitorio está justo aquí al lado, pero...

Si llegaban al dormitorio sería un milagro. Sentía que no podría mantener el control sobre sí mismo mucho tiempo más. El afán con que Megan había respondido a su beso lo había excitado aún más. Lo único en lo que podía pensar era que estaba deseando hundirse dentro de ella.

Megan echó la cabeza hacia atrás para mirarlo a los ojos. Tenía los ojos medio cerrados y las mejillas teñidas de rubor.

–Llévame a la cama, por favor.

Un gruñido de excitación vibró en la garganta de Emilio, que bajó la cabeza de nuevo para besarla en el cuello.

Megan se derritió en sus brazos. Sus pies apenas rozaban el suelo cuando Emilio la llevó hacia el dormitorio caminando de espaldas mientras sus labios ascendían por su cuello.

Llegaron a la puerta del dormitorio justo cuando su boca encontró de nuevo la de ella. Un rato después, sin apartar los ojos de los de ella, y con sus labios a escasos centímetros, Emilio la levantó por las nalgas como si no pesara nada.

Capítulo 11

BÉSAME, Megan! –jadeó Emilio, y abrió la puerta de un puntapié.

Esta se golpeó con la pared, y todo el apartamento retumbó mientras Megan, con los ojos brillantes, tomaba su rostro entre ambas manos y presionaba sus cálidos labios contra los de él.

Su entusiasmo arrancó un rugido de aprobación de la garganta de Emilio. Megan deslizó la lengua dentro de su boca de un modo experimental, vacilante, pero luego fue adquiriendo confianza, y notó que Emilio se estremecía de placer.

–Dios, qué bien sabes... –murmuró despegando sus labios de los de él.

Los ojos de Emilio se oscurecieron, como si tuviera algún dolor, y Megan lo miró preocupada.

–¿He hecho algo mal? –inquirió.

–¿Mal? –repitió Emilio. La miró con ternura y tragó saliva, haciendo un esfuerzo por controlar su deseo–. Por supuesto que no. Y podrás seguir besándome todo lo que quieras, pero no antes de que yo haya besado cada centímetro de tu cuerpo.

En un par de zancadas había llegado a la cama con Megan en brazos. La depositó sobre el colchón y se inclinó, apoyando las palmas de las manos a ambos lados de su cabeza.

–Eres preciosa... –murmuró con la voz ronca–.

Nunca en toda mi vida había deseado nada tanto como te deseo a ti.

Megan esperó, con el corazón latiéndole frenéticamente de expectación. Quería que la tocara, que la besara... lo deseaba de una manera que casi la asustaba. Por un instante, quiso echarse atrás, apartar a Emilio, pero decidió aceptarlo, fluir con el momento, y todas sus dudas se disiparon.

Aquello era lo que quería. Se sentía tan feliz, tan bien... Alzó los brazos hacia Emilio en un ruego mudo, y ese gesto acabó con el poco control que le quedaba a él sobre sí mismo. Tomó las manos de Megan y se las llevó a los labios, besando primero la palma de una y luego la otra, antes de sentarse en el borde de la cama.

Después puso las manos de Megan en su pecho, y ella notó el calor de su cuerpo a través de la camisa de algodón. Con un gemido, se incorporó, liberando sus manos, y comenzó a desabrocharle con prisa los botones. Le temblaban las manos de tal modo que algo tan simple le estaba resultando increíblemente difícil.

–Déjame a mí.

Megan apartó las manos y observó con la garganta seca cómo Emilio desabrochaba botón tras botón muy despacio, atormentándola.

Luego la camisa se abrió, dejando al descubierto un torso musculoso y un vientre plano. Su piel brillaba como el cobre.

Un gemido ahogado escapó de la garganta de Megan y se humedeció los labios con la lengua.

Emilio esbozó una sonrisa lobuna mientras se quitaba la camisa, y la arrojó a un lado antes de subirse a la cama, arrodillándose sobre ella.

–Sabes tan bien... –murmuró después de trazar un sendero con la lengua a lo largo de su cuello.

Bajó la cabeza hacia la de ella, pero se detuvo a unos

milímetros de su boca y cuando miró a Megan a los ojos, una parte de él deseó prolongar un poco más aquel momento que tanto tiempo había esperado.

—Emilio, bésame, por favor...

Aquel ruego acabó definitivamente con el poco control que le quedaba a Emilio, que selló los labios de Megan con los suyos, empujándola contra el colchón con el ímpetu de aquel beso.

Megan gimió suavemente, pero el sonido quedó ahogado cuando la lengua de Emilio se adentró en su boca con una serie de eróticas incursiones que arrancaron maullidos de placer de la garganta de ella.

—Esto es una locura —murmuró aturdida.

La boca de Emilio descendió por su cuello con un reguero de húmedos besos.

—Tú me deseas y yo a ti. ¿Es eso una locura?

—Sí, sí que lo es... pero creo que me gusta estar loca.

Emilio se incorporó un poco para poder desabrocharle la blusa. Empezó por los últimos botones y fue subiendo, sin apartar sus ojos de los de ella.

Megan contuvo el aliento y cerró los ojos cuando Emilio le abrió finalmente la blusa, pero los volvió a abrir cuando lo oyó aspirar bruscamente por la boca.

Estaba mirando su cuerpo, como hipnotizado, y sus ojos ardían de deseo.

—Dios, eres preciosa de verdad —susurró con una expresión casi reverente mientras su vista descendía por el pálido torso de Megan.

Su piel parecía de alabastro, solo que no era fría, sino muy cálida. Emilio no podía esperar más para hundirse en esa calidez, para sentirla en torno a él, estrechándolo entre sus pliegues.

Le desabrochó a Megan el enganche frontal del sujetador y apartó ambas copas. Sus ojos brillaban cuando tomó un seno en su mano y frotó en círculos el pezón endurecido, arrancando un gemido a Megan, antes de tomarlo en su boca. Mientras lo succionaba, sus dedos acariciaban la delicada piel del seno con una habilidad que hizo que Megan sintiese que estaba ardiendo por dentro.

Se retorció, maravillándose con aquel dulce tormento, y de sus labios escapaban palabras ininteligibles. Con la mano aún cerrada posesivamente en torno a su seno, Emilio levantó la cabeza y miró a Megan a los ojos antes de inclinarla de nuevo, esa vez para introducir su lengua dentro de su boca.

Le pasó el otro brazo por detrás de la espalda para hacerla incorporarse un poco, y le acabó de quitar la blusa y el sujetador. Luego volvió a tumbarla y se apretó contra ella.

Aquel primer contacto piel contra piel fue un shock para Megan, pero cuando pasó, la sensación se volvió adictiva. Megan dejó de pensar, y se dejó llevar por su instinto, arqueándose para apretar sus pechos contra el tórax cubierto de vello de Emilio.

Este continuó besándola, pero de pronto levantó la cabeza de nuevo y le dijo:

–Dame un segundo.

Megan estuvo a punto de protestar cuando Emilio rodó sobre el costado, quitándose de encima de ella, pero la protesta murió en sus labios cuando lo vio desabrocharse el cinturón para luego levantar las caderas y bajarse los pantalones. Poco después les siguieron los boxers, y Megan sintió que le ardían las mejillas cuando sus ojos se posaron en su magnífico miembro en erección. No podía apartar sus ojos de él.

Emilio se dio cuenta de que se había quedado mirándolo, pero no pareció importarle. De hecho, el que Megan no pudiese disimular su asombro no hizo sino excitarlo todavía más, lo cual parecía imposible.

Emilio rodó sobre el costado y se puso a cuatro patas para avanzar hacia ella con los movimientos gráciles y sinuosos de un gran felino. Para cuando se colocó sobre ella de nuevo apenas podía respirar, y cada vez que inspiraba y expiraba sus senos se estremecían.

Sin mediar palabra, Emilio deslizó una mano por debajo de la cinturilla de su falda, y el contacto de sus dedos fue igual que el de una lengua de fuego. Megan cerró los ojos mientras le bajaba la falda, y luego los cerró aún con más fuerza cuando hizo lo propio con sus braguitas.

—Megan, mírame.

Ella obedeció y abrió los ojos para mirarlo, incapaz de articular palabra. Emilio tomó su mano e hizo que la cerrara en torno a su erección.

—Esta es la medida de mi deseo —le susurró.

De que tenía unas medidas bastante impresionantes no había duda, pensó ella. Acarició el palpitante miembro cuan largo era, apretándolo en su mano. Emilio cerró los ojos y gimió, apretando los dientes, antes de apartar su mano.

Luego él deslizó la suya por la cara interna del muslo de Megan, y sonrió satisfecho cuando de los labios de ella escapó un gemido ahogado.

Le abrió las piernas y la devoró con la mirada. Era lo más hermoso que había visto jamás. Cuando se arrodilló entre sus piernas fue incapaz de resistirse a la tentación de sus labios temblorosos e hinchados. Se inclinó hacia delante y la besó. Luego su boca fue descendiendo, hasta llegar a la curva de su vientre, y levantó la cabeza para mirarla a los ojos, nublados por el deseo.

Al deslizar su mano entre los muslos de Megan su cuerpo se arqueó en respuesta a aquella caricia tan íntima. El calor húmedo que descubrió allí le dijo que estaba lista para él, y cuando le rogó en un susurro: «Emilio, por favor...», ya no pudo esperar más.

Con el rostro contraído por sus esfuerzos por controlarse, se puso en posición. Megan sintió su embestida, y cuando lo notó deslizarse dentro de ella gritó de dolor.

Emilio se quedó paralizado. Había notado la resistencia al penetrarla, y se había dado cuenta de lo que significaba, pero para entonces ya había sido demasiado tarde como para dar marcha atrás.

–Relájate –le dijo en un susurro tranquilizador, besándola en el cuello.

–Es que yo... estás dentro de...

Megan exhaló un largo suspiro cuando sus músculos internos se distendieron, y las paredes de su vagina se expandieron para acomodar el miembro de Emilio. Era una sensación increíble, y cuando él empezó a moverse lentamente, la fricción desencadenó en su interior una deliciosa oleada de estremecimientos.

–¡Oh, sí! –suspiró, agarrándose a sus hombros, dejándose llevar por el ritmo que marcaban las caderas de Emilio.

El cuerpo de él, que se esforzaba en vano por controlar sus embestidas, estaba perlado de sudor. Cuando notó las contracciones que anunciaban el clímax de ella, suspiró aliviado y se hundió hasta lo más hondo, descargando su semilla, y con ella también un sentimiento de culpabilidad.

Capítulo 12

CUANDO finalmente Emilio se quitó de encima de ella, Megan sintió de inmediato que echaba de menos el peso de su cuerpo, pero el aire acondicionado refrescó su piel acalorada y sudorosa.

Aún jadeante, giró la cabeza para mirar a Emilio, que yacía junto a ella sobre la espalda, con un brazo doblado por encima de la cabeza. Tenía los ojos cerrados y su pecho subía y bajaba rítmicamente. Megan lo observó fascinada y alargó una mano para tocarlo, pero se detuvo. Hasta ese momento, Emilio no había dicho una palabra. ¿Sería eso normal, o debería sentirse molesta por su silencio?

Aquello era una locura: hacía unos minutos habían compartido lo más íntimo que podían compartir un hombre y una mujer, y de pronto no se atrevía a tocarlo siquiera.

Megan se mordió el labio inferior. ¿Se habría quedado dormido?

Quizá esperaría encontrarla vestida, o incluso que se hubiera ido, cuando se despertase. Tal vez ya no fuera una virgen virtuosa, pero no tenía ni idea de cómo se suponía que debía comportarse después de hacer el amor.

¿Amor? No, no iba a engañarse; para Emilio aquello solo había sido sexo. Había sido muy sincero respecto al enfoque pragmático que tenía en cuanto a sus necesidades y a su libido.

Ella, en cambio, nunca podría ser igual de sincera con él; no podría hablarle de los anhelos de su corazón. Para él aquello solo había sido un encuentro sexual; esperar nada más era absurdo.

Ella siempre había querido algo más que sexo de él. Megan parpadeó para contener las lágrimas que habían acudido a sus ojos, y frunció el ceño, decidida, por una vez en su vida, a no pensar en el mañana.

Sus ojos recorrieron la figura de Emilio. Tenía el cuerpo de un atleta, con aquellos músculos que parecían esculpidos y la reluciente piel bronceada. Un pequeño suspiro de admiración escapó de sus labios. ¡Era tan hermoso! ¡Y le había hecho unas cosas tan increíbles! «Y mañana se las hará a otra mujer», añadió para sus adentros con cierta amargura.

Se obligó a apartar ese pensamiento de su mente y tragó saliva para deshacer el nudo que se le había formado en la garganta. ¿Por qué estropear un momento perfecto?

Aun así, una mezcla de emociones a las que no habría sabido poner nombre se agitaba en su pecho. Todo ese tiempo había creído que estaba enamorada de él, pero... ¿lo estaba? La verdad era que ese hombre del que se había enamorado nunca había existido; se había enamorado de una fantasía.

El verdadero Emilio era aquel que la había despedazado en un momento aquella noche, al lado del coche de su profesor. No era un hombre amable, sino un hombre peligroso y capaz de ser terriblemente cruel.

Se puso a pensar en las razones por las que le gustaba Emilio. No era solo por sus apuestas facciones, ni por su físico de atleta. Emilio proyectaba una energía muy intensa, algo que la atraía hacia él como la llama de una vela atraía a las polillas.

Si se rascaba un poco, debajo de esa sofisticación

por la que era famoso, había algo primitivo, un peligro del que debería huir. Pero en vez de eso, era incapaz de resistirse a ese magnetismo que tenía.

Sin querer ya luchar contra ello, alargó una mano para tocarlo, y dejó que sus dedos se enredasen en la ligera mata de vello de su pecho antes de descender hacia su vientre plano y musculoso.

Nunca se hubiera imaginado que pudiera sentir una fascinación así por el cuerpo de un hombre, pero lo cierto era que todo en él la fascinaba: desde la textura de su piel, hasta el modo en que sus músculos temblaron levemente cuando sus dedos los rozaron.

Los ojos de Emilio se abrieron. Megan contuvo el aliento, y cuando él giró la cabeza hacia ella, sus ojos se encontraron. No supo interpretar su mirada, pero sí vio una fuerte emoción en ellos, algo que no había esperado.

Tampoco había esperado la oleada de timidez que la invadió de pronto; no después de todo lo que acababan de compartir y de la falta de inhibición que había demostrado. De repente era más consciente que nunca de cada imperfección de su cuerpo, y se sentía terriblemente vulnerable.

Emilio no apartaba la mirada de su rostro, lo cual estaba empezando a resultarle enervante, y cuando ya no pudo aguantar más, Megan tiró de la sábana para taparse.

Luego, de repente, al instante siguiente, sin saber cómo había pasado, se encontró con que, antes de que pudiera taparse, Emilio la había agarrado de las muñecas y le había inmovilizado las manos por encima de la cabeza, contra la almohada.

–¿Qué estabas haciendo? –quiso saber Emilio.

–Debería vestirme –dijo ella, intentando aparentar calma con un tono despreocupado–. Me imagino que tendrás... seguro que tienes una agenda apretadísima. Igual que yo, claro...

–Deberías dejar de balbucear.

–No estoy balbuceando –protestó ella.

Emilio se encogió de hombros.

–De acuerdo, no estás balbuceando: estás diciendo tonterías.

Sus ojos castaños descendieron lentamente por su cuerpo, y el insolente escrutinio hizo que los músculos del estómago de Megan se contrajeran de excitación.

–Sí que tengo cosas que hacer –los ojos de Emilio brillaron traviesos, y sus labios se arquearon en una sonrisa lobuna–. Pero todas tienen que ver contigo... y no requieren de ninguna ropa. Tu cuerpo me tiene embelesado. Es lo más hermoso y exquisito que he visto en mi vida, y no quiero que lo escondas. Deberías sentirte orgullosa de él y disfrutar de él tanto como pienso hacerlo yo.

El fuego de su mirada la hizo estremecerse, y un gemido escapó de sus labios cuando, sin previo aviso, Emilio bajó la cabeza para besar sus pechos, y su incipiente barba le raspó la piel.

«Piensa que soy hermosa...», pensó con la respiración entrecortada y los párpados pesados mientras observaba a Emilio, y arqueó la espalda cuando su lengua comenzó a lamerle los pezones.

Emilio le liberó las manos para tomar sus pechos en las suyas, y Megan enredó los dedos en su oscuro cabello, atrayéndolo más hacia sí.

Cuando Emilio levantó la cabeza al cabo de un rato para mirarla, había una sonrisa divertida en sus labios.

–Además, no tiene sentido que intentes esconderte de mí en una cama tan pequeña como esta.

La cama era enorme, pero Megan se guardó la observación.

–No estaba intentando esconderme –protestó.

Emilio enarcó una ceja con ironía, y Megan apartó la vista azorada.

–Tenía frío –murmuró.

–¿Frío? –repitió él, poniendo una mano posesivamente en la suave curva de su vientre. Megan dio un respingo y se estremeció ante el contacto, nerviosa, aunque
no quería que apartara la mano–. Yo no te noto fría
–Emilio se inclinó hacia delante y selló los labios de
Megan con los suyos, al tiempo que deslizaba las manos por la sedosa piel de sus muslos, arrancando un gemido de la garganta de ella–. No te noto fría en absoluto.

Megan cerró los ojos y echó la cabeza hacia un lado
cuando comenzó a besarla en el cuello.

Al cabo de un rato, Emilio levantó la cabeza, pero
sus ojos permanecieron fijos en los pezones sonrosados
y endurecidos de Megan, húmedos y brillantes por las
atenciones que acababa de dedicarles, y que contrasta-
ban con su pálida piel. Apretó la mandíbula y apartó la
mirada a regañadientes, evitando la tentación.

–Tenemos que hablar –le dijo él.

A Megan le pareció que su voz había sonado algo
tensa, y abrió los ojos. Oh-oh... Se imaginaba de qué
quería hablar.

–Creía que eras un hombre de acción, no de palabras
–le dijo, preguntándose si con ese desafío implícito lo-
graría que se olvidase del asunto.

Sin embargo, no hubo suerte, y Emilio se percató de
lo que pretendía hacer.

–Buen intento –respondió sarcástico–. Y no es que
no me sienta tentado de pasar de nuevo a la acción...
–admitió con una sonrisa que hizo que el corazón de
Megan palpitara con fuerza–, pero tenemos que hablar
–añadió poniéndose serio–. Hay algo que no me dijiste
anoche, y podía haberte hecho daño –contrajo el rostro,
como irritado consigo mismo y se corrigió–: Te hice
daño.

A Megan la sorprendió la angustia que vio reflejada en sus ojos.

–No... –replicó–, no me hiciste daño.

El dolor del momento en que la penetró había pasado pronto, reemplazado por el increíble placer que había experimentado a continuación.

Emilio apretó la mandíbula y se pasó una mano por el cabello.

–No me mientas, Megan –dijo tomándola de la barbilla para que lo mirara.

–No te estoy...

–Nunca antes habías... –a Emilio, que aún no podía creérselo, le costaba articular las palabras–. Era tu primera vez.

Megan hubiera preferido no seguir hablando de aquello. Tenía miedo de que se le acabara escapando algo que no quería decir. Lo último que quería era que Emilio se enterase de que si había sido virgen hasta entonces, no había sido por una cuestión de religiosidad, ni porque tuviera ningún tipo de prejuicios con respecto al sexo, sino porque...

Dios, ¿cómo podría decirle, sin parecer de lo más anticuada, que desde muy joven había decidido que no quería practicar el sexo antes de casarse?

Nunca había podido imaginarse haciéndolo con un hombre por el que no sintiera algo muy fuerte. Siempre se había dicho que el hombre al que le entregase su virginidad sería el hombre del que se enamorase, y como el único hombre al que había amado se había casado, se había hecho a la idea de que nunca lo haría con nadie. Había muchas más cosas en la vida aparte del sexo, y era de la opinión de que no podía haber nada peor para una mujer que entregarse al hombre equivocado.

En el caso de su madre había habido una larga lista de hombres equivocados, un desfile interminable de novios que entraban y salían de sus vidas. Su madre, Clare, la eterna optimista, se había embarcado en esas relaciones convencida de que cada una de ellas era la definitiva, y siempre había acabado con el corazón roto.

Al irse haciendo mayor, Megan se había dado cuenta de que aquel era un comportamiento destructivo, y como nunca había compartido el optimismo de su madre, había empezado a mirar con recelo a cada nuevo hombre que había aparecido en su vida. No había podido evitar proyectar su ira hacia su madre por aquella situación; ojalá hubiera sido más comprensiva.

–¿Por qué necesitas un hombre? –le había gritado en una ocasión–. ¿Por qué no te basta conmigo?

La expresión dolorida de su madre no se había borrado aún de su mente, pero nunca había tenido la oportunidad de retractarse de esas palabras. En un día lluvioso su madre se había resbalado de la acera, muy transitada porque era hora punta, y había caído a la calzada, donde había sido arrollada por un autobús que pasaba en ese momento.

Megan intentó responder a la «acusación» de Emilio sobre su virginidad sin sonrojarse, pero falló miserablemente.

–Me declaro culpable, señoría –contestó, en un intento por quitarle hierro al asunto.

–¿Te parece que estoy de broma? –la reprendió él–. Tu primera vez debería haber sido especial.

Megan se quedó mirándolo anonadada. ¿Acaso creía que no lo había sido?

–Puede que no usara esa palabra –le dijo–, pero si por «especial» te refieres a que fuera algo único y maravilloso, creo recordar que dije algo parecido cuando estábamos haciéndolo. O más bien, lo grité.

–Te has puesto roja como un tomate –observó él divertido, pero de inmediato volvió a ponerse serio–. Tu primera vez solo pasa una vez, y yo... No tuve ningún cuidado. Si lo hubiera sabido... ¿Pero cómo puede ser?

Megan emitió un gruñido de protesta.

–No vas a dejarlo correr, ¿verdad?

Él la miró como si acabase de decirle que era de Marte.

–¡¿Dejarlo correr?!

Emilio había esperado dos años aquel momento y, cuando por fin había llegado, lo había echado a perder porque nunca podría haberse imaginado que Megan era... ¡Dios!

–Me debes una explicación.

Megan rehuyó su intensa mirada. La explicación más ajustada a la realidad sería decirle «soy tuya y te quiero; siempre te he querido», pero dudaba que Emilio encajara bien esa respuesta.

–¿Por qué demonios no me dijiste que eras virgen?

–Porque en ese momento no parecías demasiado interesado en conversar –le recordó ella.

Emilio abrió la boca, pero de inmediato volvió a cerrarla, algo avergonzado de sí mismo. Siempre había tenido a gala que no dejaba que sus hormonas lo controlasen, pero en cambio, con Megan, cuando verdaderamente debía haber demostrado esa capacidad de autocontrol, no había sido capaz de ser delicado. El deseo lo había cegado por completo, impidiéndole ver hasta que ya había sido tarde, que Megan no tenía la menor experiencia.

Pero debía haberse dado cuenta, tenía que haber habido algún detalle que la delatara. ¿Cómo podía ser que se le hubiese pasado por alto? Había perdido la oportunidad de hacer de su iniciación al sexo algo verdaderamente especial.

–Pero no te comportabas como una virgen... –argumentó.

–¿Eres un experto en vírgenes, o algo así?

Emilio entornó los ojos y bajó la vista a los labios de Megan, hinchados aún por sus besos.

–A decir verdad, nada –respondió. Y estaba empezando a pensar que sabía aún menos de las mujeres, o cuando menos, de esa.

–Estás haciendo una montaña de un grano de arena –replicó ella irritada–. Ser virgen no es como tener una enfermedad contagiosa. No hay por qué advertirlo antes de acostarse con alguien. Lamento que te sientas engañado y timado, pero no voy a pedirte perdón.

Emilio enarcó las cejas.

–¿De qué estás hablando? ¿Engañado? ¿Timado? Estás diciendo tonterías.

Megan, que estaba haciendo un esfuerzo por contener las lágrimas, alzó la barbilla.

–Disculpa que no sea capaz de analizarlo todo de un modo tan frío y objetivo como tú, pero es que nunca había pasado por esto.

–¿Y crees que yo sí?

–Mira, Emilio, ya me he enterado –le dijo ella dolida. Le había costado caerse del guindo, pero no era una ingenua–. No hace falta que hurgues más en la herida. Creías que ibas a acostarte con alguien que tenía experiencia en la cama, y en vez de eso... –se le escapó un sollozo y tuvo que pasarse una mano por los ojos para enjugarse las lágrimas. Tragó saliva–. Y en vez de eso, te encontraste con que no sabía nada de nada sobre el sexo –se sintió avergonzada al oír el tono lastimoso de su voz y sacudió la cabeza, murmurando–: No me creo que tú lo hicieras a la perfección la primera vez.

Seguro que sí, pensó cerrando los ojos y detestando a la mujer con la que lo había hecho por primera vez.

Emilio, que estaba debatiéndose entre la frustración y la ternura, se incorporó para sentarse.

–A ver si lo he entendido bien... ¿Crees que me siento timado? ¿Timado? –repitió, sacudiendo la cabeza–. El modo en que funciona esa cabecita tuya no deja de sorprenderme. Tal vez te parezca que lo que me has dado no tiene mucho valor, Megan, pero para mí sí que lo tiene.

Capítulo 13

LOS OJOS de Megan ascendieron lentamente hasta los de Emilio.

—¿Tiene... valor para ti? —repitió, como alguien hablando una lengua que no conoce.

Emilio asintió y tomó su rostro entre ambas manos, acariciando los mechones que lo enmarcaban.

—He sido el primer hombre con quien lo has hecho —le respondió. No acababa de pasársele la impresión. Parecía imposible—. ¿Sabes cómo me hace sentir eso?

Megan apartó la vista.

—¿Irritado?

—Privilegiado.

Megan se quedó paralizada al oír su respuesta y la emoción de su voz, y cuando Emilio le acarició la mejilla, antes de besarla suavemente en los labios, se sorprendió también de notar que le temblaba la mano.

—Me quedé en estado de shock por un instante —le confesó Emilio—. Todavía no puedo comprender cómo es posible.

Emilio se echó hacia atrás para apoyar sus anchas espaldas en el cabecero de la cama, y Megan se incorporó también, tapándose con la sábana.

—¿Por qué no?, ¿porque creías que me había acostado con todos los tíos a los que conocí en la universidad?

Emilio frunció el ceño.

—No, porque llevas dos años viviendo con un hombre.

Por más que había tratado de hacerse a la idea, cada vez que había pensado en ello lo habían corroído los celos. Inspiró profundamente y trató de disipar su irritación. Aunque había practicado mucho aquella técnica de relajación, nunca había llegado a dominarla del todo.

–¿Porque llevo dos años viviendo con un hombre? –repitió ella sin comprender su razonamiento.

–Un amante, un novio, como quiera que lo llames.

Megan abrió mucho los ojos, comprendiéndolo de pronto, antes de dejarse caer en la cama riéndose.

–¿Estás hablando de Josh? –preguntó entre risas.

Emilio enarcó una ceja. Sus ojos descendieron a la figura de Megan, y admiró en silencio las suaves curvas que se dibujaban bajo la sábana. Lo único que tenía que hacer era tirar de ella y... Tragó saliva y trató de apartar de su mente la imagen del cuerpo desnudo de Megan para concentrarse en la conversación.

–¿Ha habido otros? –preguntó.

Sin embargo, de inmediato se dio cuenta de lo absurda que era la pregunta, y sus celos, teniendo en cuenta que Megan había sido virgen hasta ese momento.

–¿Dónde quieres llegar con todo esto?

–Eso es lo que estoy intentando averiguar. Ese Josh...

Megan frunció el ceño.

–¿Pero qué te ha dado con Josh? Cualquiera diría que le tienes manía.

–No tengo nada contra él. Estoy seguro de que era perfecto, pero...

–Pues la verdad, sí –lo interrumpió ella con una sonrisa.

Todas sus amigas opinaban lo mismo. Siempre que hablaba de Josh con ellas se lamentaban del hecho de que todos los hombres que eran perfectos también eran gays.

Esa vez fue Emilio quien frunció el ceño.

–Lo que quiero decir es que... ¡por Dios, viviendo con un hombre durante dos años...!

A Megan ya estaba empezando a irritarla su actitud de condena, y su insistencia con traer a colación a su excompañero de piso.

–Perdona, pero no creo que sea un crimen compartir piso con alguien, y además esto no es un juicio. ¿Qué tiene que ver Josh en todo esto?

–¿Que qué tiene que ver cuando has estado dos años viviendo con él? ¿A qué se supone que debo pensar que dedicabais vuestro tiempo libre, a jugar al Scrabble? ¡Por amor de Dios! –Emilio resopló y sacudió la cabeza.

Megan se quedó mirándolo anonadada, hasta que de pronto lo comprendió.

–¡¿Josh... mi novio?!

–¿A qué estaba esperando para llevarte a la cama, a vuestra noche de bodas? –casi rugió Emilio.

Aquello no le sentó bien a Megan.

–¿Tan raro sería? –le espetó con aspereza.

Emilio se quedó mirándola.

–En una palabra... sí.

–Ya, pues entonces yo debo de ser muy rara, porque hasta hace aproximadamente una hora ese era mi plan –le dijo. Y no era que se arrepintiera de haber cambiado de idea.

Emilio soltó una palabrota entre dientes.

–En fin, no espero que lo comprendas –añadió Megan–. El caso es que no pensaba tener relaciones antes del matrimonio, pero esa no es la razón por la que no me he acostado con Josh. No me he acostado con él porque no soy su tipo.

Emilio frunció el ceño con escepticismo. No podía concebir que pudiese haber un hombre al que Megan no le pareciera atractiva.

–Y cuando digo que no soy su tipo, es que no soy su tipo –reiteró Megan, poniendo énfasis en sus palabras.

Emilio dio un respingo.

–¿Me estás diciendo que...?

Megan asintió, divertida por su expresión de asombro, sacudió la cabeza y apoyó la barbilla en sus manos.

–Para ser tan listo a veces eres un poco lento en captar las cosas.

Emilio dejó escapar un silbido y sonrió vergonzoso.

–Supongo que sí.

Megan suspiró.

–Ya no vivimos juntos, y la verdad es que lo echo mucho de menos.

Hacía unos minutos, aquella confesión y el suspiro que la había acompañado habría hecho que Emilio se sintiese celoso, pero después de lo que Megan le había contado fue capaz de esbozar una sonrisa comprensiva.

–¿De verdad que es gay? –inquirió en un murmullo, solo para asegurarse.

–Sí, Emilio, mi perfecto excompañero de piso es gay. Se ha ido al extranjero a colaborar con una ONG. Josh es fantástico; estoy segura de que, si lo conocieras, te caería bien –le dijo ella–. Por cierto, ¿cómo sabías que estaba viviendo con alguien?

Emilio prefirió no contarle el encuentro que había tenido con su amigo gay aquel día que había ido a visitarla y ella estaba en la ducha.

–Philip lo mencionó, y di por hecho que estaríais juntos.

Megan asintió y se inclinó hacia él para acariciarle la mejilla.

–Verás cuando se lo cuente en mi próxima carta.

–Ya nadie escribe cartas –dijo él, enredando los dedos en su cabello.

–Yo sí. Las cartas escritas a mano son más personales.

–Y tampoco queda mucha gente que se reserve para la noche de bodas.

–Por eso no tienes que preocuparte; no estoy esperando a que me pidas matrimonio porque lo hayamos hecho. El matrimonio no está hecho para los hombres como tú.

Emilio se apartó de ella y se quedó mirándola cruzado de brazos, como molesto.

–¿Qué pasa? –inquirió ella.

–¿Qué sabes tú de los hombres como yo? ¿Y por qué dices que no estoy hecho para el matrimonio? He estado casado.

–Estoy segura de que querías a Rosanna, pero tú mismo dijiste antes que el estar casado no impedía que te sintieras atraído por otras mujeres, y estoy segura de que a muchos hombres les ocurre, pero se contienen, y tú no fuiste capaz.

Megan no podía imaginarse una tortura peor que el que a una mujer le fuera infiel el hombre al que amaba.

Emilio se quedó mirándola aturdido cuando le dio una palmada en el hombro.

–En fin, es un hecho que hay hombres que no están hechos para la monogamia ni para el matrimonio –le dijo Megan, y luego, con una sonrisa perversa, añadió–: Pero sois los amantes perfectos.

–Lo intentamos –murmuró él, atrayéndola hacia sí–. Y esta vez te prometo que será mejor que la anterior.

–No me puedo imaginar cómo podría ser aún mejor –le dijo Megan con sinceridad. Aunque la idea de intentar conseguir lo que parecía un imposible era ciertamente tentadora.

Los labios de Emilio descendieron sobre los suyos, mientras que una mano tomaba uno de sus senos y la otra le acariciaba el muslo.

–Voy a tocarte en todas partes –le susurró–. Voy a

saborear cada milímetro de tu cuerpo –añadió, besando un párpado y luego el otro–. Todo tu cuerpo –repitió antes de deslizar su lengua dentro de la boca de ella.

–Me harás tuya –respondió ella, añadiendo para sus adentros: «Pero ya lo soy».

Los ojos de él brillaron satisfechos mientras sus manos descendían por su cuerpo.

–Te haré mía –asintió.

Todo el cuerpo de Megan estaba sonrosado por la excitación cuando Emilio le abrió las piernas, y el corazón le palpitó con fuerza en el momento en que deslizó una mano entre ellas, separándoselas un poco más.

Megan emitió un gemido ahogado cuando la tocó, y sus caderas se arquearon.

–Relájate. Vamos a tomarnos nuestro tiempo, cariño –le susurró Emilio, acariciando la sedosa cara interna de un muslo con la lengua.

Megan cerró los ojos.

–Oh, Dios, eres increíble...

Fue algo que dijo en más de una ocasión durante las dos horas siguientes, porque Emilio, tal y como le había dicho, se tomó su tiempo, llevándola varias veces hasta el borde del paraíso antes de finalmente colocarse sobre ella y conducirla hasta el éxtasis.

Más tarde, cuando yacían el uno junto al otro, con sus cuerpos temblorosos y húmedos por el sudor, Emilio giró la cabeza hacia ella y le sonrió.

–Te preguntaría qué te ha parecido, pero creo que ya lo sé. ¿Quién me iba a decir que serías de las que gritan de placer en la cama?

–Lo que pasa es que soy una actriz excelente, eso es todo –lo provocó ella, acurrucándose a su lado–. Aunque la próxima vez no me importaría nada ser yo quien te lleve a ti al borde de la locura.

–No seré yo quien me niegue –respondió él–. No me molesta que sea la mujer quien lleve las riendas.

Un par de horas más tarde, Megan se despertó al oír que se cerraba una puerta. Abrió los ojos, parpadeando, y vio que Emilio iba hacia ella con una bandeja que dejó sobre la cama.

–¿Qué es esto? –inquirió ella, fijándose en lo que había en la bandeja: una selección de embutidos, queso, y unas rebanadas de pan.

–Vamos a hacer un picnic en la cama.

–Cuando te dije lo de que no tengo ningún trastorno alimentario, lo decía en serio –comentó Megan.

–Y te creo, pero hemos gastado muchas energías –replicó él, sonriendo al verla sonrojarse–. Cualquier deportista podría decirte que hay que reponer energías a intervalos regulares para poder rendir al máximo.

Al mirar la comida, Megan se dio cuenta de que sí tenía hambre, y como para confirmarlo, le rugió el estómago.

–¿No deberíamos levantarnos ya? Son las... –miró su reloj y se quedó boquiabierta al ver lo tarde que era–. Dios mío, llevamos todo el día en la cama.

A Emilio no parecía preocuparle en absoluto.

–Sí. ¿No te parece que es maravillosamente decadente? Creo que podría acostumbrarme.

«Pues yo no debo acostumbrarme», respondió ella para sus adentros. Pero luego desechó aquel apesadumbrado pensamiento. Lo que debía hacer era disfrutar del momento, se dijo apartándose el cabello de la cara con ambas manos.

–La verdad es que sí tengo hambre –admitió.

–Estupendo, porque me encanta verte comer –dijo él ofreciéndole un trozo de queso–. Se te ve disfrutar de la comida.

–¿Estás diciendo que soy una glotona?

–No, digo que disfrutas comiendo, igual que yo cuando te miro.

–No sabes lo culpable que me siento. No por la comida, ni por el sexo –se apresuró a añadir al ver lo serio que se había puesto–. Pero es que es un día entre semana y no he trabajado nada. Tú no tienes problema porque eres tu propio jefe, pero yo...

–¿Y no se te ha ocurrido que tú también podrías serlo?

Ella lo miró sorprendida.

–Pues la verdad es que sí lo he pensado.

–Deberías dejar de trabajar para tu padre. Salta a la vista que no estás aprovechando al máximo tus capacidades –Emilio vaciló un instante–. Ya sé que tu padre dice que va a...

–¿A pasarme las riendas cuando se jubile? –lo interrumpió ella con una risa seca–. Sé muy bien que eso nunca pasará. Soy una mujer, y solo me acepta como parte de la familia hasta cierto punto, pero he aprendido mucho trabajando para él, y he conseguido contactos que me pueden ser útiles.

¡Y pensar que él había estado preocupado porque su padre estaba aprovechándose de ella! Parecía que Megan no era tan ingenua como había pensado, pensó Emilio, riéndose suavemente.

–Te pediría que trabajaras para mí, pero una de mis reglas es no mezclar trabajo y placer –dijo abalanzándose sobre ella con un rugido–. Y esto decididamente es placer.

Capítulo 14

MEGAN dejó en la encimera del lavabo el brillo de labios que acababa de aplicarse, y sacó de su bolso el móvil, que estaba sonando. Miró la pantalla para ver quién llamaba, y enarcó las cejas sorprendida. No debía dar por hecho que hubiera pasado algo malo, se dijo tomando asiento en una banqueta. Tal vez no hubiera pasado nada malo.

La experiencia, sin embargo, le decía que era probable que sí. La última vez que su hermano la había llamado había sido porque había perdido el pasaporte y todo su dinero, y la vez anterior la había telefoneado desde el pabellón de urgencias del hospital porque había tenido un accidente con la moto.

A menos que estuviera en algún tipo de apuro, era raro que su hermano la llamase. Y como era típico de él, pensó con una media sonrisa, había escogido el peor momento para hacerlo.

–Hola, Megan –la saludó cuando contestó–, y antes de que lo preguntes, estoy bien y no ha pasado nada.

–Me alegra oír eso. Escucha, Phil, me encantaría charlar un rato contigo, pero es que este no es muy buen momento –le dijo.

Tenía mariposas en el estómago de pensar que Emilio entraría de un momento a otro. Sonrió al recordar la respuesta que le había dado cuando se había mirado en el espejo de cuerpo entero que tenía en el dormitorio, tras levantarse de la cama, y había exclamado:

–¡Dios, estoy horrible!

–¿Es ahora cuando se supone que yo debo decir «no, qué va, estás bien»?

Megan había fruncido los labios y lo había mirado con fingida indignación.

–¿Tanto te costaría decirlo, aunque sea una mentira piadosa?

Los ojos de Emilio habían brillado divertidos.

–Es que no habría sido una mentira piadosa, cariño, habría sido una mentira de las gordas.

Megan había tenido que hacer un esfuerzo por no dejarle ver que aquello le había dolido. Le gustaba que los demás fueran sinceros con ella, pero la sinceridad tenía un límite, y más cuando ella no tenía demasiada confianza en sí misma.

–Habría sido una mentira de las gordas –continuó Emilio– porque no estás bien; estás preciosa –después, con los ojos oscurecidos por el deseo, y una voz sensual y densa como la miel, había añadido–: exquisita e increíblemente sexy. La única pega que le pondría a tu aspecto es que no estás desnuda –había dicho, arreglándole el cuello de la camisa vaquera azul que le había tomado prestada.

Luego Emilio le había enseñado dónde estaba el cuarto de baño, para que pudiera asearse. Un cuarto de baño enorme que parecía salido de un catálogo de lujo: suelo de mármol, una amplia ducha de hidromasaje con tantos botones que parecía una nave espacial, y una inmensa bañera en el centro. Megan no había podido contener una exclamación de admiración.

–¿Significa eso que te gusta? –le había preguntado él.

–Creo que acaba de convertirse en mi parte favorita del apartamento.

–Pensaba que era el dormitorio.

Megan había ladeado la cabeza y había contestado a su comentario con idéntica picardía.

–Lo que me ha gustado del dormitorio no ha sido la decoración.

Emilio había sonreído.

–Bueno, pues aunque no creo que tú puedas ponerte más guapa de lo que ya estás, la verdad es que a mí no me vendría mal darme una ducha. Aunque debo admitir que me gusta notar tu olor en mi piel.

Megan se había quedado mirándolo con unos ojos enormes, excitada por aquel comentario.

–Yo también debo de oler a ti.

–Entonces quizá podríamos tomar un baño juntos.

Megan se había imaginado con él dentro de la enorme bañera y se había apresurado a decirle que no tenía nada que objetar a su proposición.

Emilio le había dicho que tenía que hacer unas llamadas, pero que solo le llevaría unos minutos, y le había sugerido que fuera llenando la bañera en su ausencia.

Megan había llenado la bañera, añadiendo al agua unos aceites de olor que había encontrado, y se había preguntado si debía meterse o esperar a que Emilio regresara. Estaba por meterse solo para ver cuál sería su reacción cuando entrase, pero sería una lástima prescindir del conjunto de sujetador y braguitas rosas que se había puesto solo para que él se los quitara. Difícil elección: ¿desnudarse, o ser desnudada?

Dios, ¿qué había sido de la Megan Armstrong que apenas si sabía flirtear? ¿Y quién era aquella desvergonzada que había ocupado su lugar?

–¿Cómo te va con papá? ¿Te hace trabajar mucho?

Megan hizo un esfuerzo por concentrarse en lo que su hermano le estaba diciendo, y respondió con un gruñido evasivo.

–Qué tontería de pregunta, ¿no? –añadió su hermano, contestándose a sí mismo.

Mejor, pensó ella, así no tendría que decirle una mentira.

–De acuerdo, pequeña adicta al trabajo, seré breve –continuó Philip–. Solo te llamaba para darte las gracias. Eres la mejor.

–¿La mejor?

Megan trató de recordar si había hecho algo últimamente para que su hermano le diese las gracias. No se le ocurría nada.

–Supongo que fue idea de Emilio; ese hombre es una mina –dijo Philip riéndose con admiración.

Megan se puso tensa al oírle mentar a Emilio.

–¿Tú crees? –balbució.

Su cabeza se convirtió de pronto en un hervidero de pensamientos. ¿Cómo podía saber que estaba con Emilio?

–Desde luego. Fue una idea brillante. En fin, debió de pensar que si le hacía ver a Rosanna que está saliendo con una mujer de la que al menos sabe cómo se llama, ella podrá dejar atrás el pasado y rehacer su vida con otro hombre, que espero ser yo.

Megan, boquiabierta y en estado de shock, intentaba asimilar lo que estaba oyendo.

–Aunque la verdad es que me quedé a cuadros cuando me lo contó Rosanna... ¡Emilio y tú! –exclamó Philip, echándose a reír con incredulidad.

Megan sintió que se le revolvía el estómago.

–En fin, supongo que es uno de esos casos en los que parece tan absurdo que por eso Rosanna debió de creérselo. Emilio es brillante, sencillamente brillante –dijo su hermano.

–Sí, muy brillante.

Philip no pareció advertir la ironía de su voz, continuó hablando como si no la hubiera oído.

–Claro que sin tu ayuda no lo habría logrado. No sabes cómo te lo agradezco, hermanita. Supongo que lo mío con Rosanna te parecerá una locura, pero la quiero, Megan, la quiero de verdad.

Megan cerró los ojos. ¡Dios!, Philip estaba a punto de cometer un error y podía acabar con el corazón roto. Si Emilio había decidido que quería recuperar a su esposa, no había nada que Philip pudiese hacer para evitarlo. Su hermano tenía un montón de cualidades, y era un buen tipo, pero... ¿qué mujer, si le dieran a elegir, entre Emilio y un buen tipo, no escogería a Emilio?

–No tenía ni idea –le respondió con sinceridad–. Lo que no comprendo es por qué recurriste a Emilio.

–¿Aparte de por costumbre?

–Ya no sois adolescentes, Philip –respondió ella, sin poder evitar una nota de irritación en la voz.

–Bueno, supongo que parecerá raro, y no estaba seguro de que pudiera ayudarme, pero... no sé, pensé que si hablaba con Rosanna del asunto tal vez... Ya sabes todo eso de cerrar las heridas, y esas cosas. Pero en fin, ya conoces a Emilio; jamás te falla. Rosanna está convencida de que estáis juntos, y eso es lo que importa. Vuestra actuación debió de resultar muy convincente; ojalá hubiera estado allí para haberlo visto –le dijo su hermano–. Según Rosanna, solo teníais ojos el uno para el otro. Y no hacía más que decir que no sabía por qué la había sorprendido cuando era más que evidente. ¿Tienes idea de a qué se refería con eso? En fin, tampoco es que importe –prosiguió Philip, sin darle opción a contestar–. El caso es que ahora que piensa que Emilio es feliz por fin podrá dejar atrás el pasado. Bueno, ya te contaré si tengo suerte con ella. Voy a llamar a Emilio también para darle las gracias.

–Yo puedo ahorrarte la molestia, Phil –le dijo ella con una sonrisa forzada–. Está aquí conmigo. Espera un segundo; iré a buscarlo.

Emilio justo acababa de llenar la segunda copa de champán y estaba preparándose para llevarlas al cuarto de baño, cuando oyó abrirse la puerta de este. Se giró con las dos copas en una mano, y vio a Megan entrar con el teléfono pegado al oído.

Cuando él sonrió, Megan no le devolvió la sonrisa, y le bastó con mirarla a la cara para saber que estaba molesta por algo. ¿Qué podría haber pasado en esos pocos minutos que la había dejado sola para que su humor hubiese cambiado de repente? Luego fue la ropa interior que llevaba lo que captó su atención, y se le secó la garganta y su miembro se endureció mientras la observaba avanzando hacia él.

Al menos cuando se había puesto eso no debía de haber estado enfadada aún. A no ser, claro, que prefiriera matarlo de un ataque al corazón. Aunque a decir verdad, en ese momento parecía que quisiera matarlo de un modo más rudimentario, como estrangulándolo con sus propias manos.

Se detuvo a un par de pasos de él y se quedó callada, como si estuviese escuchando a la persona que estaba al otro lado de la línea. Emilio recorrió su cuerpo con una mirada lasciva y le dijo:

–Tú sí que sabes cómo hacer una entrada impactante.

Megan apretó los dientes.

–Pensaba llevarte a algún sitio a cenar, pero si vas a ir así, quizá deberíamos llamar y pedir comida china o una pizza.

Megan recordó entonces lo que llevaba puesto, o

más bien lo poco que llevaba puesto, y maldijo para sus adentros.

–No tengo hambre –le dijo tapando el teléfono con la mano para que su hermano no la oyera. Y luego, por si no le había quedado lo bastante claro, añadió malhumorada–: ni de comida, ni de ti. Y lo único que necesito que me pidas es un taxi –luego se llevó el teléfono al oído y con una sonrisa edulcorada, le dijo a quien estuviera al otro lado de la línea–: Pregúntaselo tú mismo.

Emilio frunció el ceño y Megan le tendió con un gesto brusco el teléfono, que atrapó justo antes de que cayese al suelo, derramando solo un poco de champán.

–Buenos reflejos –lo felicitó Megan, quitándole una de las dos copas que tenía en la mano.

Tomó un trago, y después de secarse los labios con el dorso de la mano se giró sobre los talones y se dirigió de nuevo al cuarto de baño. Justo antes de desaparecer tras la puerta le gritó por encima del hombro:

–¡Y deja de mirarme el trasero!

Emilio se rio entre dientes.

–Admítelo, si dejara de hacerlo, te sentirías ofendida –le dijo divertido, pero la sonrisa se borró de su cara cuando Megan cerró tras de sí de un portazo. Se llevó el teléfono a la oreja–. ... Sí, Philip, estoy aquí. ... Sí, ha dicho «trasero».

Cinco minutos después, Emilio entró en el baño.

Megan estaba de pie frente al espejo del lavabo, utilizando un lenguaje poco apropiado en una señorita mientras intentaba, sin éxito, recogerse el cabello con un pasador que acabó cayéndosele al suelo.

Se agachó para recogerlo, y volvió a la carga, decidiendo ignorar la presencia de Emilio. El problema era que era difícil ignorar a alguien que medía casi dos metros y que era una mezcla irresistible de músculos y masculinidad.

Casi se sintió aliviada cuando Emilio rompió el tenso silencio y habló:

–Al menos no has cerrado la puerta con pestillo.

Pero por suerte se había acabado de vestir, respondió ella mentalmente. Emilio se preguntó si todavía llevaría debajo aquel sujetador rosa y las braguitas a juego. Estaba decidido a averiguarlo.

Megan le lanzó una mirada furibunda por encima del hombro, y se sintió molesta al ver que Emilio se había apoyado en la pared como si estuvieran teniendo una charla intrascendente. Al menos podría tener la decencia de mostrarse a la defensiva.

Megan volvió la cabeza hacia el espejo y respondió sin mirarlo:

–Solo porque no había pestillo.

Por fin logró que el pasador se quedase en su sitio, y con un pequeño gruñido de triunfo se giró hacia Emilio para mirarlo con desdén y decirle:

–Podías haber llamado.

Aquella sugerencia hizo reír a Emilio.

–Por favor...

–Ah, claro, me olvidaba de que tú estás eximido de cumplir con las normas por las que se rige la sociedad.

En vez de responder a su provocación, Emilio se puso serio y le dijo:

–Mira, siento haberte hecho esperar, pero...

–No te creas tan importante –lo cortó ella–; no estaba esperándote.

Emilio enarcó una ceja, sarcástico, y continuó hablando como si no lo hubiera interrumpido.

–...pero explicarle a tu hermano por qué estás en mi apartamento ha requerido bastante...

–¿Tacto?

–Paciencia.

Y se le había acabado bastante pronto. En vez de aplacar a Philip se había encontrado soltándole unas cuantas verdades, como que, a pesar de que le parecía enternecedor que se preocupase por su hermana, podía haberse preocupado un poco más por ella mucho antes, y que no necesitaba que le dijera que Megan no era como las mujeres con las que salía normalmente. Y en cuanto a qué estaba haciendo en su apartamento, le había respondido simplemente que no era asunto suyo.

–Deberías haberme avisado de que no tenía que decirle a Philip que nos habíamos acostado –le dijo Megan.

Emilio enarcó las cejas.

–¿Se lo dijiste tú? –inquirió.

Megan tomó el cepillo del pelo que acababa de terminar de usar y lo guardó en su bolsa de aseo.

–¿Te parece que es algo de lo que querría presumir?

Emilio apretó la mandíbula, un claro signo de advertencia de que sus palabras habían herido su ego, pero Megan lo ignoró.

–No me gusta ir por ahí pregonando mis errores. Solo Dios sabe por qué...

–¿Por qué te has acostado conmigo? ¿Por qué me has entregado tu virginidad? Los dos sabemos por qué, Megan.

Megan apartó la vista. No quería hablar de aquello, no si no quería acabar perdiendo la poca dignidad que le quedaba.

–Dudo mucho –masculló– que Philip esperara que fueras tan lejos como para acostarte conmigo para ayudarlo a conseguir el amor de Rosanna. ¡Dios! –exclamó asqueada–. ¿Has pensado en mí en algún momento? –exigió saber, llevándose una mano al pecho.

–Oh, no, por supuesto que no, mientras lo hacíamos

estaba pensando todo el tiempo en tu hermano –respondió él con sarcasmo. Sacudió la cabeza–. ¡Por Dios, Megan! ¿De qué diablos estás hablando? –exclamó mirándola con incredulidad.

–Estoy hablando de que lo que pretendes es poner celosa a Rosanna y fastidiar cualquier oportunidad que Philip pueda tener con ella –le espetó Megan. En cualquier caso, ganaría él.

–Dejando a un lado por qué querría yo ni lo uno ni lo otro, ¿cómo se supone que voy a conseguir ninguna de las dos cosas acostándome contigo? –inquirió Emilio apartándose de la pared y cruzándose de brazos.

–Es más que evidente. ¿Acaso vas a negar que Philip te pidió que mediaras con Rosanna en su favor?

–¿Por qué habría de negar nada? ¿Vas a negar tú que prácticamente me suplicaste que lo hiciéramos?

Megan apretó los labios y lo miró furiosa.

–Vaya, gracias. No sabes lo agradable que es que alguien se acueste contigo por pena.

–Yo siempre te he visto como un reto, no como alguien por quien sentir lástima –replicó él–. Por cierto, Philip nos ha invitado a cenar, pero he declinado su invitación en nombre de los dos.

–¡No necesito que hagas nada en mi nombre!

Él la miró, como contrariado, y le preguntó con aire inocente:

–¿Acaso querías que fuéramos a cenar con Rosanna y con él?

–No nos ha invitado de verdad, ¿no?

–No.

Megan resopló llena de frustración y le dio la espalda. El brusco movimiento hizo que el pasador se le abriera y cayera al suelo de nuevo, dejando su cabello suelto. Irritada, se agachó para recogerlo, pero Emilio fue más rápido que ella y sus dedos se cerraron sobre el pasador antes de que pudiera alcanzarlo.

Megan apartó la mano como si el contacto con la de él la quemara como un hierro al rojo vivo. Esperaba un comentario sarcástico por parte de él, pero se sintió aliviada cuando él, en cuclillas frente a ella, abrió la palma de la mano y le tendió el pasador.

—Es bonito —comentó, acariciando con el pulgar el antiguo pasador, hecho de nácar.

Sin embargo, el alivio de Megan se disipó cuando, después de que ella lo hubiera tomado, Emilio alargara la mano hacia su rostro para apartar de él un mechón.

—Me gustas más con el pelo suelto —le dijo, recordando su gloriosa melena enmarcándole el rostro sobre la almohada.

Megan dio un respingo y se apartó.

—Ah, pues nada —dijo con aspereza, poniéndose de pie y arrojando el pasador a un lado. Estaba a punto de echarse a llorar—, nunca volveré a recogerme el pelo —añadió en un tono cargado de ironía—... porque vivo para complacerte.

—¿Vas a decirme de una vez qué he hecho para enfadarte? —inquirió él levantándose también.

Las palabras de Emilio reavivaron la ira de Megan.

—No sé, déjame pensar —dijo llevándose el índice a la barbilla y mirando hacia el techo, como pensativa—. ¿Podría ser que no me gusta que me utilicen? —le espetó mirándole a la cara—. ¿Cómo crees que me he sentido cuando mi hermano me ha dado las gracias por seguirte la corriente en el aeropuerto? ¡Me dijo que era la mejor!

Emilio no pudo evitar sonreír ante esa última frase. A él se lo decía todo el tiempo cada vez que lo sacaba de un apuro.

—Sí, eso es típico de Philip.

Megan frunció el ceño.

–¿No sientes siquiera una pizca de remordimiento?

–¿Por qué se supone que debería sentirme culpable, Megan? –inquirió él con una sonrisa lobuna.

–¡Eres de lo peor! –exclamó ella exasperada. Aquel hombre no tenía la menor vergüenza, se dijo sacudiendo la cabeza–. Que tengas la desfachatez de preguntarme eso... –dijo con voz temblorosa–. Y pensar que Philip cree que eres un gran tipo... –murmuró sacudiendo la cabeza con una risa amarga y mirándolo con desdén.

Emilio se cruzó de brazos y escrutó su rostro enrojecido por la ira, y su mirada se suavizó cuando vio lágrimas en los ojos de Megan.

–¿Y tú no?

–¿Yo? –Megan se puso a guardar en la bolsa de aseo las pocas cosas suyas que quedaban en la encimera del lavabo.

–¿Tú no crees que soy un gran tipo?

Megan lo miró como si quisiera fulminarlo con la mirada.

–¡Creo que eres una rata egoísta y manipuladora!

–No te cortes, di lo que piensas de mí –la instó él con fingida afabilidad.

–Como si te importara lo que yo pueda pensar. A ti no te importa lo que nadie piense de ti –lo acusó Megan.

En el pasado había sido así, y hasta cierto punto aún lo era. A Emilio no le importaba la opinión que la gente pudiera tener de él; no necesitaba ni su aprobación ni su cariño... solo los de una persona.

–Y si quieres que siga, te diré que eres frío, insensible y calculador.

Los ojos de Emilio relampaguearon.

–No pares, por favor; ahora que se están poniendo interesantes las cosas... ¿Puedo saber en qué te basas para decir que soy... calculador? –le preguntó, escogiendo al azar uno de los tres adjetivos.

–Fuiste al aeropuerto para recoger a Rosanna –respondió ella. «Fingiendo que ibas a hacerle un favor a Philip, cuando en realidad lo que pretendes con todo esto es apuñalarlo por la espalda»–. ¡Y me besaste!

–Cierto, pero como yo no sabía que ibas a estar allí, no puedes decir que mis actos fueran los de alguien calculador. «Oportunista», como mucho –se encogió de hombros.

–Sabes exactamente a lo que me refiero –le espetó Megan–. Bastante malo es que me utilizaras para poner celosa a Rosanna, pero Philip no tiene ni idea de que quieres que vuelva contigo, ni de que no quieres que sea para él.

–¿Has pensado alguna vez en escribir novelas?, porque me parece que tienes una imaginación desbordante.

Megan ignoró sus intentos de desviar la conversación.

–Philip cree que tú quieres que Rosanna y él sean felices; no tiene ni idea de cuáles son tus verdaderas intenciones.

–¿Y tú sí?

La última esperanza que le quedaba a Megan de estar equivocándose con él se desvaneció al ver que él no intentaba siquiera negar sus acusaciones.

–Y a pesar de todo estás aquí, conmigo –observó él cuando ella no respondió.

–No por mucho tiempo –le espetó ella.

Esa afirmación habría sido más creíble si hubiese salido en ese momento. ¿Por qué entonces se quedó allí de pie, sin moverse?

–Philip tiene razón. Quiero que Rosanna sea feliz –dijo Emilio.

No estaba seguro de que Philip pudiera hacerla feliz,

pero en ese momento lo que le preocupaba no era la felicidad de Philip y Rosanna, sino la suya.

–Y crees que haciendo que vuelva contigo lo será –dijo Megan.

–Estar conmigo nunca hizo feliz a Rosanna –apuntó él; se culpaba a sí mismo por no haberse dado cuenta antes–. Y más aún cuando se dio cuenta de que yo estaba e...

–¡Sí, cuando se dio cuenta de que estabas acostándote con la mitad de las mujeres de Europa! –lo interrumpió ella acaloradamente.

Emilio apretó la mandíbula y esbozó una sonrisa sarcástica antes de contestar:

–No era eso lo que iba a decir.

Demasiado enfadada como para captar ese matiz de ironía en su voz, Megan le espetó desdeñosa:

–Supongo que piensas prometerle que a partir de ahora sí le serás fiel.

Emilio inspiró, y sus ojos oscuros volvieron a relampaguear.

–¿Has terminado?

Cuando lo miró, Megan sintió una punzada irracional de culpabilidad. Era él quien debería sentirse culpable, se recordó, no ella. Y no le había dicho nada que no fuera verdad.

Capítulo 15

YO NUNCA le fui infiel.

–Ya, seguro que no... –Megan se quedó callada cuando, al mirar a Emilio, sus ojos le dijeron que no mentía–. ¡Lo dices en serio!

Emilio asintió con la cabeza.

–Pero si no había otras mujeres... ¿por qué os divorciasteis?

Emilio escrutó su rostro largo tiempo antes de contestar. ¿Era mucho esperar, se preguntó, que Megan no pensara lo peor de él, que no rechazara de entrada la posibilidad de que pudiera ser un buen tipo?

–Aunque me resulta fascinante que me veas como una especie de genio que maquina diabólicos planes para doblegar la voluntad de la gente –dijo con ironía–, te estás montando una película con todo eso de que te besé en el aeropuerto para poner celosa a mi exmujer o para ayudar a tu hermano. No pensaba encontrarte allí, y mucho menos besarte, ni que tú respondieras como respondiste a mi beso. Si ocurrió fue porque... Dios, ¿acaso hace falta que te lo explique? ¡Nos hemos pasado todo el día en la cama, lo hemos hecho no una, sino varias veces, y ha sido el sexo más increíble de toda mi vida!

A Megan de pronto le faltaba el aliento. Era como si un millar de mariposas se hubieran puesto a revolotear en su estómago, y tuvo que agarrarse a la encimera del lavabo porque le flaqueaban las piernas.

–Ya sé que tú no lo has hecho con ningún otro hombre –añadió Emilio con una media sonrisa–, pero no creo que puedas decir que lo que hemos hecho no ha tenido ningún efecto en ti.

Megan se quedó mirándolo y sacudió la cabeza lentamente, en silencio. Sabía que ese día la había cambiado para siempre, y que había cambiado su vida también. Ahora sabía lo que era amar a un hombre, y aunque Emilio no había hablado de amor, no podía negar que había revolucionado su mundo.

Emilio alzó la barbilla con cierta arrogancia, desafiante.

–Ni siquiera puedes mirarme sin que te entren ganas de arrancarme la ropa, admítelo –le dijo–. ¡Si tiemblas como una hoja cuando te toco!

Por la expresión de Emilio, era evidente que estaba esperando una respuesta, pero el orgullo evitó que las palabras, que se agolpaban en la garganta de Megan, cruzaran sus labios. Cuando él comprendió que no iba a recoger el guante que le había lanzado, suspiró y se pasó una mano por el recio mentón, cubierto por una sombra de barba.

–Sí, fui al aeropuerto con la intención de hablar con Rosanna, pero no porque le hubiera dicho a Philip que sería su mediador. Cuando hablé con él, me di cuenta de que tenía razón, que había algunos aspectos de nuestro matrimonio que habían quedado sin resolver.

«Como que aún sigues enamorado de ella», pensó Megan, y sin ocultar su escepticismo añadió:

–Pues yo no vi que hablaras mucho con ella.

–Eso fue porque me distraje –los ojos de Emilio buscaron los de ella, y la ira que refulgía en ellos se metamorfoseó en deseo.

Megan, que no pudo evitar que se le subieran los colores a la cara, sintió de nuevo ese revoloteo en el estómago.

–¿Qué te distrajo?

Una de las comisuras de los labios de Emilio se arqueó. Dios... aquella media sonrisa la volvía loca.

–Tú sabes la respuesta a esa pregunta, Megan –dijo, luego se puso serio y añadió–: No quiero resucitar mi matrimonio, y Rosanna no se divorció de mí porque le hubiera sido infiel. Se divorció de mí porque se dio cuenta de que me había enamorado de otra persona.

Megan palideció. Aquello era lo último que habría esperado oír de labios de Emilio. Lo miró, pero la expresión de él era inescrutable.

–¿Te habías enamorado de otra persona? –repitió vacilante.

–¿Tan difícil es de creer? ¿Acaso crees que no soy capaz de sentir amor por alguien?

Megan se encogió de hombros incómoda.

–No, claro que no. Es solo que... –no supo cómo acabar la frase.

–No fue algo que planeara –continuó Emilio–. De hecho, nunca creí que pudiera pasarme a mí. Siempre me sentí superior a la gente que basaba su matrimonio en lo que para mí era solo una respuesta química del organismo, una locura pasajera, por decirlo de algún modo –sonrió con amargura y sacudió la cabeza, como admitiendo que había sido un arrogante al pensar así–. No creía en nada que no pudiera sentir y tocar. Pero cuando me di cuenta de que el amor no era solo algo irracional... –se quedó callado, tragó saliva, y apartó la vista.

Ver un atisbo de vulnerabilidad en aquel hombre que siempre parecía tenerlo todo controlado hizo que Megan sintiera empatía hacia él. Sintió envidia de aquella mujer de la que se había enamorado, y se preguntó por qué no estaba con ella si había llegado incluso a romper su matrimonio para que pudieran estar juntos. ¿Podría ser que la relación hubiese fracasado, o sería otra la razón de esa expresión atormentada de sus ojos castaños?

Emilio apretó la mandíbula.

–El problema era que me había embarcado en un matrimonio de conveniencia, y no era libre para dejarme llevar por esos sentimientos.

Megan se apoyó en los azulejos de la pared, sintiendo que se iba a desmayar.

–¿Un matrimonio de conveniencia...? Pero si estamos en el siglo XXI... La gente ya no... Además, Rosanna y tú erais perfectos el uno para el... –Megan se calló y se llevó una mano a la cabeza, que le daba vueltas–. Dios, necesito un trago.

Sin decir una palabra, Emilio le tendió la mano.

Por un momento, Megan se quedó mirándola. Emilio esperó, y sus rasgos se endurecieron al verla sacudir la cabeza. Estaba a punto de dejar caer su mano, decepcionado, cuando Megan la tomó, apretándola con fuerza.

Emilio había encendido un par de lámparas. Su suave luz iluminaba el amplio salón, y arrojaba sombras sobre el rostro de Emilio, resaltando la perfección de sus rasgos esculpidos.

Megan, sentada en un sofá frente a él, dobló las piernas contra su pecho y bajó la vista a su copa de champán antes de apurarla.

–Ya sé que no es asunto mío –dijo mirando a Emilio por encima del borde de su copa–, y si no quieres hablar de ello, no tienes por qué hacerlo, pero...

Emilio se levantó y tomó la botella para servirle un poco más, pero Megan puso la mano encima de su copa.

–No, gracias, no quiero más.

En el momento en el que las palabras, tan educadas, abandonaron sus labios, y lo miró, tuvo que morderse el labio inferior para contener la risa, que a pesar de todo se le acabó escapando.

—¿Qué tiene tanta gracia? —inquirió él.

—Que me está sirviendo champán un hombre vestido con unos boxers de seda y... no sé, es que parece... —Megan lo miró de arriba abajo, admirando su increíble físico.

—¿Qué es lo que parece?

Megan se sentó erguida y se puso bien la falda, tratando de ignorar la ola de calor que sentía de pronto entre las piernas.

—Pues que es como si me hubiese adentrado en una especie de fantasía sexual —le confesó deslizando la mirada por su torso bronceado. Quería alargar la mano para tocarlo y decir «¡mío!».

Los ojos de él brillaron divertidos al verla sonrojarse.

—Podría tomarme como una ofensa que me trates como a un objeto sexual.

—Lo cual sería una hipocresía teniendo en cuenta lo mucho que te gusta exhibir tu... tu...

—Casi tanto como tú disfrutas mirándome, cariño —la provocó él.

Megan exhaló un suspiro largo y tembloroso cuando Emilio se fue al dormitorio para reaparecer poco después subiéndose la cremallera de unos vaqueros desgastados. También se había puesto una camisa blanca, pero la dejó desabrochada como estaba y se detuvo con los brazos extendidos.

—¿Mejor? —inquirió antes de dirigirse hacia ella, con la clara intención de sentarse a su lado en el sofá.

Megan dio un respingo y levantó una mano para detenerlo.

—Hablaremos si te quedas ahí.

–¿Por qué? –preguntó él, entre divertido e irritado.

–Porque no quiero que me toques. Si me tocas, me iré –respondió ella con firmeza. «Si me tocas, no podré ni pensar»–. Si crees que puedes poner fin a cualquier discusión que tengamos con solo besarme...

–Si no quieres que me acerque, será porque es verdad –observó él burlón.

–Emilio, haz el favor de quedarte donde estás –le rogó ella, demasiado cansada como para luchar contra él y consigo misma a un tiempo.

Emilio le sostuvo la mirada, y por un momento, Megan pensó que iba a ignorarla y a sentarse a su lado, pero luego se encogió de hombros y volvió a sentarse en el sofá de enfrente, apoyando los codos en las rodillas y la barbilla sobre las manos entrelazadas.

–¿Mejor ahora?

Megan asintió, aunque para sus adentros pensó que para poder concentrarse en la conversación tendría que estar a cien metros de ella.

–¿Sabes, Megan?, puedes levantar tantos muros como quieras que yo...

–¿Soplarás y soplarás y los derribarás?

Él esbozó una sonrisa traviesa y luego, poniéndose serio, la miró a los ojos, y añadió:

–No creo que funcionara, pero estaría dispuesto a desmontarlos piedra a piedra si hiciera falta.

Sus palabras conmovieron a Megan, cuyos ojos se llenaron de lágrimas de pronto. No hacía falta. Con un sollozo se puso de pie y fue junto a él, prácticamente echándose en sus brazos.

Ya no recordaba por qué había querido poner distancia entre ellos, ni por qué tenían que hablar. ¿Para qué, para que le hablase de otra mujer? ¿Acaso se había vuelto loca? Se apretó contra él, abrazándolo con fuerza.

–He mentido cuando he dicho que no quería que me

tocaras. No puedo soportar estar lejos de ti –le dijo angustiada–. ¿Puedo quedarme contigo esta noche?

Una sonrisa fiera y posesiva se dibujó lentamente en los labios de él.

–¿Qué te hace pensar que iba a dejar que te fueras a ninguna parte?

Capítulo 16

MEGAN se pasó todo el trayecto en el taxi hasta el aeropuerto mirando el reloj. Pareció como si tardaran horas porque, a pesar de lo temprano que era, había bastante tráfico. El taxista se disculpó con ella en su inglés chapucero, y le reiteró su promesa de que llegarían a tiempo para tomar su vuelo.

Megan, que temía abrir la boca y echarse a llorar, esbozó una sonrisa forzada de cortesía y asintió, preguntándose qué haría Emilio cuando se despertara y se encontrara con que se había ido. ¿Habría escuchado el mensaje que su padre le había dejado en el contestador?

Cerró los ojos, recordando la odiosa voz de Luis Ríos contra su voluntad. Se había levantado en mitad de la noche para ir a la cocina a por un vaso de agua, y de regreso al dormitorio, con el vaso en la mano, se había detenido en el salón al oír saltar el contestador. Al principio el padre de Emilio había empezado hablando en español y no había entendido mucho, pero luego inconscientemente había cambiado al inglés, un idioma que hablaba con fluidez, al menos en lo que se refería a los insultos, que había empezado a escupir cada dos frases. Era evidente que estaba furioso. Megan, que no quería escuchar algo que sin duda Luis Ríos no querría que nadie excepto su hijo oyese, estaba a punto de seguir hacia el dormitorio cuando lo oyó mentar a su padre.

—... Charles Armstrong me ha llamado hace media hora. Resulta que ya lo ha visto en la prensa, y por supuesto está entusiasmado y ha empezado a hablar de planes de boda sin el menor pudor. Ese hombre delira, pero tampoco he visto razón para ofenderlo diciéndoselo, porque puede que te sea útil. Tiene influencias en determinados círculos –había dicho–. Lo que no entiendo es en qué diablos estabas pensando. Besas a esa chica en una terminal de aeropuerto abarrotada de gente con móviles... No me extraña que esté en todos los periódicos. Y dentro de nada estará en todo Internet. Espero que no haya por ahí ninguna fotografía más escandalosa –añadió–. Mi hijo y la hija de una fregona... ¡Por Dios!, ¿en qué estabas pensando? Si ibas a tener un romance con una de las hijas de Armstrong, ¿tenía que ser con la bastarda? La otra al menos tiene algo de pedigrí. ¿Qué es lo que te he dicho siempre, Emilio? ¡Lo malo también se hereda! Insisto en que pongas fin a esto ahora mismo. Si no, no tendré miramientos en desheredarte.

El padre de Emilio había seguido con su diatriba, pero Megan había decidido que ya había oído bastante. Había ido al dormitorio de puntillas y se había vestido, deteniéndose solo un momento para mirar una última vez a Emilio, que seguía dormido, antes de salir del edificio y parar un taxi.

¿Se enfadaría cuando descubriese que se había ido y leyese su nota, o se sentiría aliviado? Obtuvo respuesta a su pregunta mucho antes de lo que había esperado, porque después de haber pagado al taxista se dirigía a la entrada de la terminal cuando sintió que alguien la seguía. Cuando se detuvo y se giró, se encontró con Emilio. Llevaba unas gafas de sol, una chaqueta de cuero negra y un casco de moto en la mano.

Megan se quedó paralizada. Aquello era imposible; Emilio no podía estar allí... ¡Lo había dejado durmiendo! ¿Estaría teniendo alucinaciones, o habría perdido la cabeza?

Emilio se pasó una mano por el despeinado cabello y le lanzó una media sonrisa antes de quitarse las gafas.

–Yo... pero aquí... yo no... ¿cómo...? –balbució Megan. El corazón le latía con tanta fuerza que apenas podía oír su propia voz–. La nota... mi nota.. –llena de frustración ante su incapacidad de formar una frase, se dio por vencida y se quedó callada.

Emilio enarcó una ceja y le quitó la bolsa de viaje que llevaba colgada del brazo.

–Siempre me había dicho que si un día me encontraba con una mujer guapa ligera de equipaje no la dejaría marchar.

Megan se llevó una mano a la cabeza, que le daba vueltas.

–No me encuentro bien.

Emilio dejó a un lado su enfado para escrutar su rostro, algo preocupado, pero optó por bromear para quitarle dramatismo al asunto.

–Tranquila, no creo que vayas a desmayarte ni nada de eso.

Como era de esperar, Megan se indignó al oír aquel comentario tan poco sensible.

–Te merecerías que cayera fulminada a tus pies ahora mismo –le dijo mirándolo furibunda.

–Eso está mejor –murmuró él riéndose, antes de tomarla por el codo y echar a andar.

Megan, que aún estaba en estado de shock, se dejó llevar antes de darse cuenta de que iban en la dirección equivocada.

–Mi vuelo... –comenzó a decir mirando a Emilio.

Pero él siguió andando.

–¡Emilio! –lo llamó ella parándose en seco. Tenía que escucharla.

Él se detuvo y la miró impaciente antes de echar un rápido vistazo a las filas de coches aparcados en la distancia. A Megan le pareció de pronto que estaba pálido y tenso.

—El coche ya debe de estar a punto de llegar —dijo él mirando su reloj.

Megan no sabía de qué estaba hablando, pero en vez de preguntarle sobre eso, le dijo:

—Mira, Emilio, no sé cómo es que has venido ni por qué, pero te dejé una nota. Debería estar haciendo el embarque y...

Emilio apretó la mandíbula.

—Ya sé que me dejaste una nota —dijo irritado—. Siempre tan educada... Y tienes una letra preciosa, pero ni lo uno ni lo otro tiene que ver con la razón por la que he pasado casi las últimas veinticuatro horas en la cama contigo.

Los recuerdos de esas últimas veinticuatro horas asaltaron a Megan, que bajó la vista para que Emilio no viera hasta qué punto la afectaban esos recuerdos.

—Y pretendía pasar las próximas veinticuatro horas de la misma manera si no te hubieras ido.

Megan alzó la vista sonrojada.

—¡Emilio, no me digas esas cosas!

—¿Por qué no? —inquirió él enarcando una ceja y sonriéndole—. Es la verdad. ¿Estás intentando decirme que no quieres volver a acostarte conmigo?

Megan se puso roja como un tomate y lanzó una mirada por encima de su hombro, a unas personas que pasaban.

—¿Te importaría bajar la voz? —le siseó—. Alguien podría oírte.

O volver a sacarles una foto, como la que habían publicado los periódicos de ellos dos besándose, según había entendido por el mensaje que Luis Ríos había dejado en el contestador de su hijo.

–Lástima que tú no me escuches a mí cuando te hablo –repuso él enfadado.

De acuerdo, no había dicho las palabras «te quiero», pero le había dado a entender de todas las maneras posibles que la quería.

Le había desnudado su alma, algo que no había hecho en toda su vida con nadie, y se había quitado la coraza, mostrándose vulnerable ante ella.

Megan había frustrado sus planes de declararse formalmente al quedarse dormida después de que hicieran el amor.

Cuando se había despertado y se había encontrado con que se había ido, se había vestido a toda prisa, pero justo cuando iba a salir, había visto que parpadeaba la luz del contestador. Pensando que tal vez pudiera ser un mensaje de Megan, había apretado el botón para escucharlo. No era de Megan, sino de su padre, y el escucharlo lo había puesto furioso, pero también lo había ayudado a comprender por qué se había ido Megan. ¿Pero adónde? Si su intuición no le fallaba, probablemente al aeropuerto para regresar a su país, se había dicho, y se había dirigido allí en su moto para llegar más rápido.

Se había sentido inmensamente aliviado al verla al llegar, justo a punto de entrar en la terminal, pero también lo había enfurecido pensar que Megan hubiese podido creer que iba a dejarse intimidar por las amenazas de su padre, o que le importase que su madre hubiese sido una mujer de origen humilde.

–Ven, nos vamos de aquí –le dijo Emilio a Megan, agarrándola de nuevo por el codo antes de echar a andar otra vez.

–Pero mi vuelo... –volvió a insistir ella.

Emilio la ignoró, y ella apeló a su sentido común:

–No puedes raptarme a plena luz del día.

–El secuestro implica coacción, y tú quieres venir conmigo –respondió él, como si fuera un hecho.

Megan se mordió el tembloroso labio inferior y tragó saliva, intentando deshacer en vano el nudo que tenía en la garganta.

–No siempre se puede tener lo que se quiere –le dijo a Emilio. No podía forzar las cosas, no quería enfrentar a Emilio con su padre.

Emilio se paró en seco y la tomó de la barbilla para hacer que lo mirara.

–Pero quieres quedarte conmigo, ¿no?

Él, que nunca se había permitido la menor inseguridad, se detestó por hacer esa pregunta, pero necesitaba oírlo de labios de Megan.

Ella asintió, y con los ojos nublados como los tenía por las lágrimas no pudo ver el brillo de satisfacción de los de Emilio.

–Yo... ha sido un día maravilloso –balbució–. Pero el deber me llama. Tengo que volver a mi país. A lo mejor podría venir a visitarte alguna vez.

«Dios, qué tonterías estás diciendo, Megan».

–¿En plan de amigos con derecho a roce? –le preguntó él con una risa seca–. ¿Qué, miramos nuestras agendas para ponernos de acuerdo o...? –dijo burlón. Sacudió la cabeza y añadió–. Me parece que no.

–No era eso lo que quería decir –protestó Megan, secándose las lágrimas–. La verdad es que no sé lo que quería decir –admitió–. ¿Por qué has venido? –gimió, sin importarle ya que pudieran atraer la atención de la gente–. ¿Por qué no me podías dejar marchar?

–Ya cometí ese error una vez.

Antes de que Megan pudiera preguntarle a qué se refería con esa críptica afirmación, Emilio vio lo que había estado buscando y cambió de dirección.

–¡Ven por aquí! –ordenó tirándole del brazo.

Megan no tuvo tiempo de discutir; estaba demasiado ocupada intentando seguir el paso de sus largas zancadas. Estaba sin aliento cuando llegaron a una reluciente limusina.

–¿Es tuya? –le preguntó Megan anonadada.

Emilio asintió.

–Pero... ¿y tu moto? –inquirió ella.

–Es difícil tener una conversación con un casco.

Emilio se lo entregó al conductor, que se había bajado del vehículo para recibirlos, y le dijo algo en español. El hombre asintió y le abrió la puerta a Megan para que entrara.

Ella, sin embargo, se quedó allí plantada y se volvió hacia Emilio, que la miró con impaciencia.

–No quiero hablar contigo –le dijo Megan.

–Pues yo hablo y tú escuchas; es igual.

Megan dio un gritito de protesta cuando la alzó en volandas y la metió él mismo en el coche antes de cerrar la puerta. Poco después él entraba por la otra y le decía al conductor, que ya había vuelto a sentarse al volante, que ya estaban listos para irse.

Megan, que sabía un poco de español, protestó diciendo que ella no estaba lista, pero Emilio la ignoró y se pusieron en marcha.

Megan resopló irritada, y le lanzó una mirada furibunda después de arreglarse la falda.

–Esto es absurdo. ¿Qué esperas conseguir raptándome?

–Creía que ya habíamos quedado en que esto no es un secuestro.

–¿Y no se te ha ocurrido pensar que alguien podría haber estado haciéndonos fotos hace un momento, mientras discutíamos?

Emilio se puso cómodo en el asiento, estirando sus

largas piernas, y se bajó la cremallera de la chaqueta de cuero.

—¿Igual que ayer por la mañana, quieres decir?

La espalda de Megan se puso tiesa, y sus pálidas mejillas se tiñeron de rubor. Emilio sabía que había oído el mensaje de su padre y probablemente estuviera furioso por que hubiera invadido de ese modo su privacidad.

—No lo hice a propósito —se defendió—. No pretendía quedarme escuchando cuando llamó —le dijo con sinceridad—. Había ido a por un vaso de agua a la cocina cuando saltó el contestador. Iba a volver al dormitorio cuando le oí mencionar el nombre de mi padre.

—Vaya, qué alivio. Por un momento creí que eras una de esas mujeres que están todo el día mirando a escondidas los mensajes que tiene su marido en el móvil.

—Yo nunca haría... —comenzó Megan, abriendo mucho los ojos. Pero luego, al mirarlo a la cara, se calló—. No hablas en serio.

—¿Tú qué crees? —le preguntó él con una sonrisa.

Megan bajó la vista.

—¿Has hablado con tu padre? ¿Sigue enfadado?

—Probablemente —respondió él con indiferencia, encogiéndose de hombros—. Por lo general, mi padre siempre está enfadado por una cosa u otra.

Megan, que se dio cuenta de que le estaba quitando importancia al asunto en consideración a ella, puso su mano sobre la de él, y le dijo, obligándose a sonreír:

—No pasa nada, Emilio; las cosas que dijo... estoy acostumbrada a oírlas.

—Pues es algo que no volverás a oír nunca más —le aseguró él con fiereza, poniendo su otra mano sobre la de ella.

—Pero lo que dijo es la verdad —murmuró Megan, riéndose incómoda—. Es verdad que soy una bas...

–¡No lo digas! –casi bramó Emilio, lleno de indignación.

Megan contrajo el rostro.

–Está bien –dijo, algo contrariada por su reacción–, pero tienes que pensar que tu padre es de otra generación. Esa clase de cosas son importantes para él.

–No es una cuestión de edad, sino de ignorancia; no lo disculpes.

–De acuerdo, no lo haré –lo tranquilizó ella.

–Y quiero que ignores todo lo que dijo mi padre –le dijo Emilio muy serio–. ¿Cómo se atreve?

Para Megan estaba cada vez más claro que aquello no era por ella; se trataba de un enfrentamiento entre padre e hijo que sin duda venía de muy atrás. Se preguntó si el padre de Emilio no se daría cuenta de que darle órdenes a su hijo era como agitar un trapo rojo delante de un toro.

Emilio era la clase de persona que no cedería ni un ápice si lo presionaban, aunque fuese por su bien. Era demasiado cabezota.

–Pensé que reaccionarías así; por eso me fui.

Él enarcó una ceja.

–¿Que reaccionaría cómo?

–Reconócelo, Emilio, si no hubieras estado decidido a demostrarle a tu padre que no tiene ningún control sobre ti, no habrías venido corriendo detrás de mí. Y ahora que ya lo has demostrado, ¿te importaría llevarme de regreso al aeropuerto?

Emilio soltó una risa seca y se pasó una mano por el cabello, lleno de frustración.

–De modo que, siguiendo tu lógica, si mi padre me hubiese dicho que me casase contigo, ¿yo te habría dicho que te fueras para demostrarle que no puede controlarme?

–Yo no he dicho que llegaras a eso, pero... –Megan se quedó callada cuando Emilio se inclinó hacia ella.

–Tal vez deberías saber –murmuró él bajando la vista a sus labios–, que haría lo que fuera para proteger lo que es mío.

–Supongo que lo de desheredarte no lo decía de verdad, ¿no?

Emilio resopló y sacudió la cabeza.

–¡No estoy hablando del dinero! –masculló entre dientes–. Las amenazas de mi padre no significan nada para mí. Cuando le dije que me iba a divorciar, también me dijo que me desheredaría si lo hiciera, y mi respuesta fue: «muy bien, hazlo».

–Lo pusiste en evidencia.

–El chantaje solo funciona si te importa aquello con lo que te amenazan –le respondió él–. Me gusta trabajar en la empresa familiar –añadió encogiéndose de hombros–, pero si mañana nuestra empresa quebrara y tuviera que empezar de cero, no me importaría nada. Mi padre, en cambio, ahora que está disfrutando de su jubilación, tiene algunas aficiones bastante caras. A mí se me da bien ganar dinero y él disfruta gastándoselo.

–De modo que no te desheredaría –murmuró Megan con un suspiro–. Bueno, gracias a Dios, pero si es necesario, hablaré con él para explicarle que no hay ninguna posibilidad de que nosotros... en fin, de que yo manche el código genético de los Ríos, o algo así –añadió con una risa forzada–. Que lo nuestro solo ha sido... en fin, ya sabes.

–No, no lo sé. Pero a lo mejor tú me lo podrías decir.

–Pues solo sexo; nada más que sexo –Megan vio que los ojos de Emilio llameaban y le preguntó alzando la barbilla desafiante–. ¿Qué?, ¿qué he dicho ahora?

Emilio se quedó callado un buen rato antes de contestar.

–Sé lo que es el sexo por el sexo –dijo–. Ha habido mujeres con las que solo he tenido sexo. Contigo no. Hemos hecho el amor, Megan; no ha sido solo sexo.

Emilio estaba apretándole la mano con fuerza, pero Megan apenas sentía dolor. No podía apartar sus ojos de los de él.

–Llevaba dos años soñando con hacerte el amor.

A Megan le dio un vuelco el corazón, y se quedó mirándolo con la cabeza dándole vueltas. Estaba temblando, literalmente temblando de pies a cabeza por lo que acababa de decir.

Emilio se llevó su mano a los labios.

–Pero la realidad, cariño mío, es infinitamente mejor que los sueños.

–Emilio.. yo... no comprendo...

«Soy yo la que estoy soñando», pensó, sin atreverse a pensar que el brillo tierno y posesivo que había en sus ojos pudiera significar lo que creía que quería decir.

–¿Qué me vas a contar? De todas las mujeres de las que podría haberme enamorado he tenido la mala suerte de enamorarme de una que no se enteraría de que estoy enamorado de ella a menos que se lo deletreara –bromeó, admirando su bello rostro como un hombre sediento–. De hecho, eres la única mujer de la que me he enamorado en toda mi vida.

Megan sacudió la cabeza.

–Pero tú me dijiste que te habías enamorado... Creía que aún amabas... aquella mujer que...

–Todavía no lo entiendes, ¿verdad? –Emilio tomó su rostro entre ambas manos–. Me enamoré de ti, Megan: tú eras aquella mujer –el alivio de haberle dicho por fin aquello después de dos años hizo que se produjera una descarga de adrenalina en sus venas.

Megan alzó la vista hacia él vacilante.

–¿Yo? –musitó. ¿Era una broma? Si lo era, era una

broma de muy mal gusto–. Pero si dejaste a tu esposa porque... –se quedó callada, y su rostro palideció–. ¿Esa era yo?

–Esa eres tú –la corrigió Emilio–. ¿Por qué te cuesta tanto creerlo?

Le limpió con la yema del pulgar una lágrima que había rodado por su mejilla, con una sonrisa tan tierna en los labios que muchas más lágrimas volvieron a agolpársele en los ojos, y sintió que el corazón le iba a estallar de felicidad.

–Pero si yo no te gustaba...

Emilio acalló sus protestas con un largo y dulce beso. Cuando levantó la cabeza, fue solo unos centímetros, y el aliento de ambos se entremezcló mientras se miraban en silencio.

«Si estoy soñando, no quiero despertar», pensó Megan. Deslizó las manos dentro de la chaqueta de cuero de él, se apretó contra su pecho, y se quedó escuchando los fuertes y rítmicos latidos de su corazón.

Sin embargo, de pronto pensó en algo, y se echó hacia atrás para mirarlo.

–Pero, Emilio... –le dijo frunciendo el ceño–, aquel fin de semana hace años, cuando me salvaste de aquel tipo, apenas si querías mirarme a la cara, y cuando lo hiciste, fue con desprecio.

–Aquel día no podía ni mirarte de lo furioso que estaba con ese canalla, y contigo, aunque por error. En aquella época no me atrevía siquiera a quedarme a solas contigo en una habitación por temor a que pudiera delatar mis sentimientos hacia ti. Y para colmo, sabía que tú te sentías atraída hacia mí también.

–¡Lo sabía! –exclamó Megan–. Sabía que lo sabías. Me hacía sentirme tan... tan... Recuerdo cuando me senté a tu lado en aquella cena... apenas podía respirar. Creía que estaba teniendo un ataque de pánico o algo así.

Había una maceta de fresias en el alféizar de la ventana, y aún hoy no puedo oler una fresia sin hiperventilar.

—Yo no recuerdo eso de las flores, pero sí que llegaste tarde a la cena y que estabas... Dios, estabas preciosa —suspiró y sacudió la cabeza—. Era como si te estuviera viendo por primera vez. Me dejaste sin aliento. Pero me controlé —añadió—. No estaba dispuesto a admitir que pudiera haberme enamorado de verdad. Para mí el amor era solo una fantasía. Mi vida ya estaba planeada de antemano: el trabajo, una esposa que no me exigía nada en el plano emocional... Hasta esa noche no me di cuenta de lo solo que me sentía.

Enormemente conmovida por su confesión, Megan alzó una mano para acariciarle amorosamente la mejilla. Siendo como era un hombre tan poco dado a exteriorizar sus sentimientos, y mucho menos a mostrar sus debilidades, aquello no debía de haberle resultado fácil.

—Y luego, cuando te encontré en aquel coche con ese perdedor... fue entonces cuando supe... supe... te deseaba tanto que el no tocarte era como una tortura. Una auténtica tortura. Era...

Esa vez fue Megan quien le impuso silencio con un apasionado beso. Cuando despegó sus labios de los de él, le preguntó:

—¿Por qué no lo hacías? ¿Por qué no me tocaste nunca?

—Estaba casado.

—Pero después, cuando te divorciaste... ¿por qué diablos no...?

Él enarcó una ceja.

—¿Por qué no viniste a buscarme? —inquirió ella.

—En realidad, sí lo hice —admitió Emilio—; pasado un tiempo. Lo último que quería era que la gente dijera que tú eras la otra. Fui a tu apartamento con la intención de hacerte caer rendida a mis pies... —una media sonrisa afloró a sus labios—, pero no me esperaba que fuese un hombre medio desnudo quien me abriera la puerta, y que me dijera que estabas en la ducha.

–¡Josh! –exclamó ella.

Emilio asintió.

–Tu compañero de piso gay. Solo que entonces yo no sabía que era gay, y llegué a la conclusión más obvia –reconoció–. No es agradable sentirte como un tonto, ni que se vengan abajo tus esperanzas de un plumazo –le confesó–. Sé que es algo irracional, pero me sentía como si me hubieras traicionado.

–Y pensar que yo estaba celosa de todas las hermosas mujeres con las que te fotografiaban en cada evento al que asistías... –murmuró ella–. Por más que hacía dieta no lograba estar tan esbelta como ellas.

–¡Por Dios, Megan! –exclamó él horrorizado–. Yo jamás querría que te parecieses a esas mujeres. Me encantan tus curvas... No harás dieta nunca más –le dijo con firmeza.

Su vehemencia la hizo sonreír.

–Te quiero, Emilio –le dijo, acariciándole la mejilla con el dorso de la mano.

–Y yo a ti.

Esa vez el beso que se dieron duró hasta que se detuvieron frente al bloque de apartamentos donde vivía Emilio. Ninguno de ellos se dio cuenta de que el coche se había parado, y el discreto conductor tampoco hizo nada por interrumpirlos.

Megan apoyó la cabeza en su pecho y suspiró de placer.

–Y lo bueno es que cuando deje la compañía de mi padre y establezca la mía propia podré venir a Madrid más a menudo. Y tal vez tú también podrías venir a Londres de vez en cuando.

–¿Y no podrías establecer tu negocio aquí? –le preguntó Emilio–. Sé que al principio tendrías problemas con el idioma, pero yo podría ayudarte, y podrías apuntarte a un curso intensivo de español, o...

–¿Quieres que me venga a vivir aquí contigo?

Él sacudió la cabeza.

–Te estoy pidiendo que seas mi esposa.

Un gemido ahogado escapó de los labios de Megan.

–¿Quieres que me case contigo?

–¿Necesitas tiempo para pensarlo? –Emilio miró su reloj–. ¿Bastará con tres segundos?

La solemne expresión de asombro de Megan se transformó en risas.

–¿Tres segundos?

–No puedo darte más tiempo, cariño –le dijo él–. Llevo esperando una respuesta dos años, y a cada segundo que pasa es como si me quitaran un año de vida.

–Ah, pues eso no puede ser, porque yo quiero que mi marido esté a mi lado muchos, muchos años.

Emilio, que había estado conteniendo el aliento, respiró al fin.

–No te arrepentirás, te lo prometo –le dijo atrayéndola hacia sí para cubrir su rostro de besos.

Cuando finalmente sus labios encontraron los de ella, se fundieron en otro largo y dulce beso.

Fue Megan quien se apartó primero, y le dijo riéndose:

–Acabo de darme cuenta... ¿cuánto tiempo llevo en Madrid?

Emilio miró su reloj.

–Casi veinticuatro horas exactas.

–¿Te das cuenta de que llevo casi veinticuatro horas en una de las ciudades más vibrantes y hermosas del mundo, y que solo he visto el aeropuerto y tu apartamento? Dios, si ya estamos de vuelta y ni siquiera me había dado cuenta –dijo mirando el edificio por la ventanilla.

–Pues es verdad –dijo Emilio, pero luego, sin el menor sentimiento de culpa añadió–: Aunque debo advertirte que en las próximas horas tampoco tengo planes de llevarte a hacer turismo.

Megan se esforzó por disimular una sonrisa mientras se hacía la inocente.

–¿Y qué planes tenías entonces?

Una sonrisa lobuna asomó a los labios de él.

–Ven conmigo y te lo enseñaré –dijo tendiéndole la mano.

Megan sonrió también y la tomó.

–¿Por qué no? Madrid seguirá aquí mañana.

–Y la semana que viene –bromeó él. Luego la miró a los ojos y añadió–: Y yo también, Megan. Siempre estaré a tu lado.

Aquella sencilla afirmación significó mucho más para Megan que los votos que pronto pronunciarían con igual solemnidad. Asintió, y con una voz clara, le respondió:

–Y yo estaré siempre a tu lado, Emilio.

Con los ojos brillantes por las lágrimas de emoción que acudieron a sus ojos, Megan dejó que la condujera fuera del coche, donde brillaba el sol, y a su nueva vida.

Serás mi esposa

Esther Abbott se había marchado de casa y estaba recorriendo Europa con una mochila a cuestas cuando una mujer le pidió que aceptase gestar a su hijo. Desesperada por conseguir dinero, Esther aceptó, pero después del procedimiento la mujer se echó atrás, dejándola embarazada y sola, sin nadie a quien pedir ayuda… salvo el padre del bebé. Descubrir que iba a tener un hijo con una mujer a la que no conocía era un escándalo que el multimillonario Renzo Valenti no podía permitirse. Después de su reciente y amargo divorcio, y con una impecable reputación que mantener, Renzo no tendrá más alternativa que reclamar a ese hijo… y a Esther como su esposa.

SEDUCIDA POR EL ITALIANO

MAISEY YATES

Acepte 2 de nuestras mejores novelas de amor GRATIS

¡Y reciba un regalo sorpresa!

Pasión escondida
Sarah M. Anderson

Como primogénito, Chadwick Beaumont no solo había sacrificado todo por la compañía familiar, sino que además había hecho siempre lo que se esperaba de él. Así que, durante años, había mantenido las distancias con la tentación que estaba al otro lado de la puerta de su despacho, Serena Chase, su guapa secretaria.

Pero los negocios no pasaban por un buen momento, su vida personal era un caos y su atractiva secretaria volvía a estar libre… y disponible. ¿Había llegado el momento de ir tras aquello que deseaba?

Lo que el jefe deseaba…

Bianca

¡Un matrimonio para robar titulares!

Cairo Santa Domini era el heredero real más desenfadado de Europa y evitaba con pasión cualquier posibilidad de hacerse con la corona. Para reafirmar su desastrosa imagen y evitar las ataduras del deber, decidió elegir a la esposa más inadecuada posible.

Brittany Hollis, protagonista habitual de las portadas de la prensa sensacionalista, poseía una reputación digna de rivalizar con la de Cairo. Sin embargo, con cada beso que se dieron empezó a sentirse más y más propensa a revelarle secretos que jamás había revelado a nadie.

Pero un giro en los acontecimientos supuso una auténtica conmoción para su publicitada vida. Era posible que Brittany no fuera la mujer más adecuada para convertirse en reina… ¡pero llevaba un su vientre un heredero de sangre azul!

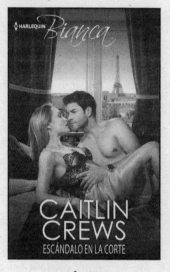

ESCÁNDALO EN LA CORTE

CAITLIN CREWS

5